去远方

闻涓 著

拥抱爱
拥抱光

作家出版社

亲临过天地辽阔，

便不会将眼界限制在狭隘的一隅，

你知道，万物与你同在。

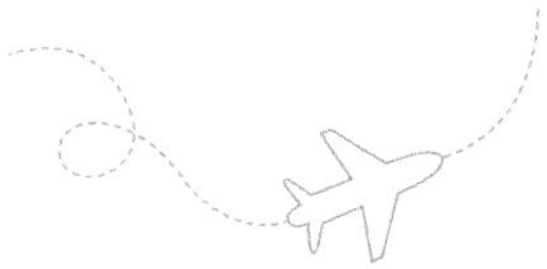

序

生命的美好掌握在我们对当下的体验当中

这是我的第一本书，反复修改地写了好几年。其间我一直在专注研习写作，每一次的修改，品质都跃升一个层级。我一直在希望呈现最好的作品，然而，艺术家们都知道，世间并没有完美的作品。我告诉自己是时候收尾了，你不应该再继续缝缝补补了，这部作品拥有它自己的命运。

这本书写作过程中，我最初的读者们都好热心，我经常收到各种留言与鼓励:“谢谢你分享的美好”“流着泪看完你的文章”“文笔超好，好感动”“一直从你这里汲取能量与动力”……特别是无数次收到“好期待你的书”这样的留言。在这本书的创作过程中，大家殷切的期待，让我越来越明白，创作不仅仅是在诠释自我的生命，它更肩负着影响更多生命的使命与责任。

这本书写的是一位当代女性十年的旅行故事以及心灵启迪。我知道，按照正常的写作速度，写这本书的全过程，应该都可以去写好几本书了。你到底在等待什么？我时常问自己。后来我才明白，我在等的是一种圆满，情绪的圆满，时机的圆满，但这世间，又哪有什么真正的圆满。我告诉自己：你不能再等待了，你也不能一直活在过去或者未来了，你要学会放手，当下就是最好的，你要学会欣赏当下。

这本书，写作初衷是梳理自己的生命脉络。在对过往的回溯与总结中，我明白，旅行的深度体验改变了我，深入书写又从另一个维度改变了我，它拉近了我与这个世界的距离，让我更清晰地看清自己在这个宏大世界里身处的位置。

站在过去与未来之间的这个当下，自我的生命价值与使命如此明晰。

一稿又一稿的反复修改之后，我越来越清醒，这本书，不可以仅仅为自己而写。“你的读者需要什么？你写下的这些故事，这些自我的启发，他人可以从中得到什么？”我一遍遍问自己，这些文字与外在的世界应该产生深刻的联结。

“你发表的每一个作品都应该是具有启迪性的，是能够为这个世界带来爱与光的。”这是我与自己的约定。

最终在这本书中，选取了最能给予我生命启迪的十个场域以及其中的际遇，从丽江到曼谷，从拜县到吴哥，从香格里拉到京都，从加德满都到廷布，从川西到西藏……这些地方让我逃脱日常，让我换一个身份与视角进入另一个思维空间，我的生命在这些地方得到最深层的滋养、最深度的启迪。

全书前面的五个章节，主要讲述旅途中那些偶遇的爱与温柔，这些故事性的遇见带给我长久而且深远的影响。比如第一章节和第二章节里分别在丽江和曼谷遇见的两位英国人 Sunil 和 David，他们持续唤起二十四岁的我和二十七岁的我对生命本质的思考：“你的梦想是什么，你想要去过什么样的人生。”这是刚入社会不久的我所遇最初的灵魂考问。写完这本书的初稿时，我给 Sunil 和 David 发邮件告知他们出现在我的作品中。许久不联系的他们居然几乎同期给我回了邮件。远在伦敦的他们，依旧给我鼓励、给我支持，说期待着我的新书出版，重述那份对我最初的欣赏。原来，生命中我原以为早已消逝的那些爱与感动，一直在时空里存留，从未离去。这样的爱与温柔，是在拜县，告别时德国老太太 Antje 轻拍胸口告诉我说“Lydia，我将你留在我心中”，是在马德望遇见的意大利人 Cris 跟我说“我将你的微笑存留在我心中，愿你无论何时都拥有这样的微笑”……

后五个章节，我着重讲述精神层面的深度探索。我写了京都、尼泊尔、不丹、川西、西藏，我曾多次前往这些亚洲小众原始秘境。这些净澈朴素的光芒，给我的心灵带来一次又一次的深度净化与启迪：从喜马拉雅雪山群的雄伟里，看到灵魂的坚韧；从纳木错湖水的纯澈里，读出内心的柔软；从藏族人信仰的坚定里，窥探心灵的纯粹；从川西深山漫天的繁星里，感受生命的辽阔……在这些最亲近本质的原始秘境，在远离狭隘的视野与格局当中，我一直在找寻生命背后深藏的奥义。

在写作过程中，我有意地去提炼素材：到底什么是真正有价值、有意义的部分，其中的成长线索可以给人什么样的借鉴，读到这些文字的人会产生什么样的体悟？我希望这本书能充当你随手翻阅时与你深度共鸣的好友，更希望它能点亮你的生命，开启你对生命的深度探索。愿读到这些文字的你，不论身处何种境地，都能够深入当下的体验，无论是幸福、快乐、痛苦……无论身处何种境地、何种情绪，借由这些经验，都能够感悟到生命不同层次的美感。

生命只有一次，我们唯有足够珍惜。我们无法掌控过去与未来，这珍惜来自对每一个当下的深度觉知。我们奔向远方，召唤所有的未知与惊奇，我们深入当下，拥抱无尽的爱意与明光。

本质上，我们正在进行的生命就是一场浩大的旅行，这旅行又由许多个不同阶段的旅行构成，在每一次的出发与到达之中，我希望你都可以念念专注，深入领略每一段旅行中的精彩与丰盛。若感受着痛，那便深入这种痛；若感受着幸福，那便深入这种幸福……当我们拥有了深入当下的能力，我们便拥有了紧紧拥抱自己的能力以及全面感知生命的能力，我们当下的生命便呈现出一种圆满的状态。生命原本并无完美，但我们可以创造当下瞬间的完美。生命的美好，掌控在我们对当下的体验当中！

借由这本书，愿你学会与世界深情拥抱，寻找到内心真正的坚韧与柔软、安定与自在。

目 录

chapter

上篇：拥抱爱

part 3
泰国 Pai 试着，把一天当一生

part 4
柬埔寨吴哥 这些微笑，都是生命之源

part 5
中国香格里拉 心安便是归处

chapter

下篇：拥抱光

part 6

日本京都　抵至深处的温柔

part 7

尼泊尔　穿越众神幻境

part 8
不丹 一场关于幸福的遇见

part 9
中国川西大藏 高山上的风花雪月

part 10
中国西藏　心灵与宇宙在此联结

chapter

上篇

拥 抱 爱

中国丽江相逢，是为了点燃彼此

星夜下的电光石火

5 月的丽江古城，华灯初上的傍晚，满街亮起古色古香的红灯笼，花草树木的清香混杂着往来游人的悸动，整个古城开始变得恍惚莫测。

这一时，二十四岁的我跟两位男同事正在古城一家餐厅共进晚餐，河水在面前缓缓流淌，波光晃荡着夜的柔和。“一会儿，我们吃完再去酒吧，看看有什么邂逅，大家都说，丽江是浪漫之都……”其中一位小伙伴说完这个建议，另一位同事立马应和着说好。

这是刚到丽江的第二天，前一晚我们整个设计团队已经去了酒吧狂欢，看来，面前这两位还是意犹未尽。“好吧，那我们去吧！”我也回应着。

一路是朴拙的青石巷，每块石板都被踩出光滑的时间印记，店铺林立的丽江街头，空气中到处飘浮着手鼓与民谣的浪漫闲散，初夏的高原风，阵阵吹来，将人带至一个异度的迷人之境。拐了好几道弯，我们走进了古城最有名气的酒吧，昏黄的灯光里，大面积的古船木元素铺陈着空间的原始感，热烈奔放的音乐调和着迷醉的氛围，正中的舞台上，好多人在释放自我地舞动身体。

我们在舞台右侧的角落坐了下来，年长些的那位同事点了几支啤酒，才喝了几杯，微醺让我加速融入这个场域。

在跟同事们谈笑风生的瞬间，我偶然抬头，大厅斜对面十几米远的吧台边，一位黑衣男子正看向我，他的目光穿过人群，向我投来，那双黑色的眼睛，在光影之间，布满神秘与深邃。他是个外国人，看起来有着亚裔的血统，身边还站着白肤金发的一男一女。我注意到，他的目光，一再而再聚焦似的投向我。

我们的目光在交织的瞬间停滞纠缠。

望着彼此，我感知到，从他心火中散发出来的那股热情，正透过眼神，穿越空气，逐步映照进我的心怀。空间里的光与影，一切变得那么微妙。

我远远望着他，巧克力般的肤色，俊秀精巧的脸庞，黑色的卷发，高挑微瘦的身形，炽热的眼神里闪耀着一股睿智犀利的光芒。

这眼神仿佛一直在召唤我，我有些心神不宁，第一次勇敢地走向正中的舞台，将自己淹没在人群。不多久，这位黑衣男子，也放下手中的酒杯，向舞台走来，他径直走到我跟前，如同故知一般，拉起我的手，带着我随他的舞步旋转。

“你会说英语吗？”

“我会。”

“你叫什么名字？”

“Lydia。”

喧闹的音乐中，他凑到我耳旁问我。

“你呢？你来自哪里？”

傍晚的丽江古城

古巷的红灯笼

古城的天光云影

一树又一树的花开

“我叫 Sunil，来自伦敦。”

“中国会讲英语的人好少。”他很高兴，我会讲英语。

“在上海还可以，那里挺多人能说英语，我们去了北京、上海，前天刚从上海来到丽江。”

“我跟朋友们从去年开始一直在环球旅行，来中国之前，我们刚去了澳大利亚和新西兰……”

在音乐的喧嚣中，他断断续续地跟我讲述他的旅程。他依旧一直盯着我，眼神如同火炬。

我们一直在舞步中拉着手不断地舞动、旋转，随着他的节奏，我有些步履凌乱，但又享受着这样的不确定性。

忽然间，他将我拉近，凑过来吻向我。

我的心猛地一击，怎么有刚见面就这样的，我从未经历过，但我又知道，这个瞬间，我们是双向奔赴的。

我被这突如其来的一吻惊到，但它的发生又是那么的自然，我带着甜甜的讶异，沉入这份恍惚迷离的温柔与坚定。

“我们离开这里吧！太吵了，我们没法好好说话。”他说。

“好的！”我说，酒吧里的音乐让我们只能大声凑着耳朵说话。

“我去跟 Peter 他们说一下。”他指着吧台边的那对白肤金发的情侣。

“你要走了啊，真的，要跟那个小黑走了？”我过去跟同事打招呼的时候，他们打趣地问我，还亲切地称呼这个外国男子“小黑”。他俩瞪着惊讶的双眼看着我，分明是他俩戏谑着说要来酒吧寻找浪漫的。“嗯，是的，我们准备出去了。”

“只想，跟你在一起”

走出酒吧，外面是清冷的静寂，虽然已是 5 月的初夏，高原的夜里，温度一降再降，空气清透冰凉。古巷里只有间或路过的行人，我忽地腼腆起来，从刚才的喧闹声里走出，天地间那么突然地只剩下我跟面前的这位男子，反而隔着一层浅浅的陌生和距离。

古城柔和的路灯下，身旁的 Sunil 不时朝我微微笑着，他的黑衬衫透露着一股学院气质，破洞的深蓝牛仔裤、泛黄的白胶鞋，全是旅程里的风尘。

我对身边的这个男子，充满一股莫名的倾爱，也许是刚刚被他吻过的缘故。

我们一边走着，一边讲述着彼此的履历。Sunil 是出生于伯明翰的印度裔英国人，他纯正的英伦腔调里带着一股磁性的冷静睿智，比我大两岁，天蝎座，生日中存在一个能量强大的数字。

我们一边谈论着，一边无目的地在路上走着。他也一样才来到丽江两天，我们对这里都拥有相同的陌生。最后，我们步行前往我住的酒店。

一路上，我们获取着更多关于彼此的讯息。Sunil 毕业于英国著名的布里斯托大学，主修数学，旅行前曾在伦敦一家国际著名的会计事务所工作。得知他的阅历，Sunil 之于我也超越了刚才炽热的眼神以及那个突如其来的吻，他在我面前更加立体多元，吸引力也在一见钟情之外。

在纵横交错四处雷同的街巷里，Sunil 跟我一起对照着地图，我们反反复复在巷子里绕着圈子。我们一边求助路人，却一直怎么都走不到目的地，造物主好像对我们施展了魔法一般，我们困在青石巷与店铺林立的二维空间，如同平面上的蝼蚁，找不着出路。

我们就在这样的迷失中，满怀耐心地玩着寻找的游戏。

最后，我们还是穿越了这场考验，将近过了一个小时，成功走到古城边上那家精品酒店。酒店是我所在的设计公司的作品，丽江当地的古朴色调与当代时尚完美融合，这间庭院式的酒店，极尽古色柔美。“秋波媚”，这是我住的房间名，在二楼的正中处。一群同事在一楼中庭围坐一起高谈阔论，Sunil 走进来，就像是个天外来客一般，我怯怯地跟同事们打招呼，我跟Sunil穿过庭院以及同事们唏嘘的神情走上楼。

我们进了房间，默契地保持着距离。我坐在桌边唯一的那张木质扶手椅上，Sunil 坐我对面的床沿。长桌上，有台唱片机，我放了在古城新买的 CD，空间飘荡着温柔洒脱的女声民谣，音乐调和着空气里的尴尬。

刚刚相识的我们已经有讲不完的话。提到他的旅行时，Sunil 在我的笔记本上打开他在旅行网站上发布的旅行日记，里边详细记录着他跟两位友人从上一年 12 月份开始的环球之旅。过去的六个月中，他们已经走过了阿根廷、巴西、新西兰、澳大利亚、美国等十几个国家，中国是他们的其中一站，接下来他们还将前往东南亚。在他的旅行笔记上，我看到了他的全名 Sunil Patel，我默默记了下来，这个风格鲜明的印度名字。

我们一边浏览他的旅行笔记，他一边给我介绍他的探险之旅。

在阿根廷的悬崖边骑行，在巴西的新年盛会中狂欢，在新西兰的万米高空跳伞，在澳大利亚无人沙漠里徒步……这些画面在我眼前匆匆掠过，在我二十四岁的有限认知里，身边还没有人一次性去过那么多的国家，那么热爱探险，拥有那么多有趣的经历，我对身边这个男子经历的探险充满了好奇。

……

Sunil 重新坐到了我对面的床沿:“Lydia，你打算什么时候结婚？”我还沉迷在他的冒险之旅中，他却突然转换话题，顽皮地笑着，丢出这个让我措手不及的问题。

“我还没有想过呢，等我遇到一位足够好的人吧！”我脱口而出，心里却隐隐地想着，婚姻对于我来说，是如此遥不可及的事情啊。

“什么是足够好？你嫁给我吧，我是个非常好的人！”他笑得很开心，充满得意的狡黠。

“你是个很好的人吗？”我对着这个相遇不到三小时的男人笑了，心间装满对未来的所有不确定。

……

我跟他依然保持着矜持的距离在聊天，几个小时前在酒吧舞台上发生过的那个亲密之吻，并未改变我的矜持与腼腆。

“Lydia，我想跟你在一起，我想今晚跟你在一起。”他顽皮地笑着，跟个孩子一般，突然提出这个话题。

“不，不可以。”

“我只想跟你在一起。”他一再反复。

“不可以。”

“我只想跟你在一起，Lydia，你看起来好紧张呀。”

“我是个传统的中国女孩，我不是你想的那样，我不是那种开放的女生！”

“我要跟你在一起，我可以在这间酒店里再订一个房间。”他继续坚持。

“你不可以，这家酒店的房间全部被我们公司订满了。”

“那我能不能睡你房间的地板，我睡地板好吗？我可以睡地上的。”他指着地板，语气的诚恳里，还带着一股歇斯底里。

“不，你不可以，我们全公司的人都住在这间酒店……”

他站起来，靠近了我一点，却依然保持着尊敬的距离，脸上都是尴尬的笑容。

“Lydia 你好紧张啊！”他笑着，有点无奈。

“我看到你紧张了，我今晚只想跟你在一起，我明天就要跟朋友们离开丽江了。”他不断重复着，“我想要跟你在一起。”

我看着他，充满渴望，又被羞涩填满。

“那我们离开这里，出去吧。”空气里全是我心跳加速的静默。

酒店中心的庭院中，同事们依旧在石桌前高谈阔论，我带着所有的勇气，跟 Sunil 从庭院里的笑声中走出来。

古雅的房间

清晨的光洒在你脸上

高原的夜持续降温，街上比我们回到酒店的时候冷了很多，店铺都已经纷纷打烊，古城沉入真正的黑夜。我出来时只顺手拿了一条披肩，我们并肩裹在这条大大的披肩里，没有去向地走进深巷。转角处恰好遇见走回酒店的几位同事，“注意安全哦。”公司长辈贴心叮嘱着，我的尴尬持续升级，但又义无反顾地跟身边这位男子走向夜色更深处。

我们在古城凌晨的冷风里不知疲倦地走着，在一间门口依旧亮着灯的民宿前，Sunil 敲了门，一位瘦瘦的年轻男子揉着困倦的眼睛从侧门的灯光里走出来，他说还有房间，很快张罗着给我们办理入住。

男子领着我们从院子里上了二楼，他用钥匙打开了房间，然后转身离去。

在这个简单朴素的客房，世界再次只剩下我们。

“Lydia，是你身上独特的气息吸引着我。”Sunil 温柔迟缓地说，“你知道吗？生物学上讲，人们相互吸引最初都是因为味道。”……可是，明明，我们当时隔着那么远的距离。

我在想到底什么味道在吸引我？ Sunil 身上对于我来说都是陌生的异域气息，是一种多元文化融杂的气息，是他的印度人种、英国出身？还是他刚刚走过的各种国度所沾染的各种气息？……

我只是确信，有一种更深层的内在让我们一见如故，面前的 Sunil 从所有混杂中抽离，是纯粹因我而存在的个体，我自然地适应着他体内过往的多元，在他的臂膀中，刚才黑暗里的那些紧张和不安逐渐离我远去。

在这份包容与宽厚里，我们一同沉入梦境，沉入古城的静谧。

一直似睡非睡，身体极度困倦，但又睡意全无，我要在天亮大家睡醒之前赶回酒店，起床的闹钟设在清晨五点钟。

在蒙眬中睁开双眼，Sunil 的手臂还垫在我脖子下方，我看向他，他也正在暗夜的微光中看着我，眼里的温柔似乎穿透黑暗，我的心里泛起一阵涟漪，他居然也没睡。“现在是几点钟？”我轻声问。他看了一下时间，告诉我说是三点钟，他将我抱得更紧了一些，我们没再说话，一切落入更深的温柔与静寂。

日光倾城

清晨五点，非常不情愿地被闹钟唤醒。我起身，Sunil随着准备起来，我带着一种近似麻木的平静对他说：“我自己走就好，不用送我，你多睡一会儿吧，你继续睡就好。”在眷恋和不舍中，我没有任何期待。

“不，我送你。”他很坚决，眼中尽是柔情，不等我回话，迅速起身。

“Lydia，留下你的 E-mail 给我吧！我的手机在路上丢掉了，现在也不用手机。”他说着，我才意识到，我都没想过之后我们还要保持联系。

房间里有个台式电脑，我们互相发送 E-mail 的时候，Sunil 信誓旦旦地望着我：“Lydia，无论今后怎样，我会永远跟你保持联系，这是我的承诺。”我笑笑说“好”，但心里全是不确定。

走之前，他关掉电脑和房间所有灯光，再仔细地检查了一下房间。

清晨的古城还在沉睡，路上一个行人都难以找到，晨光里泛着空蒙的青白色，冷风依然冰凉如水，一片恬淡静谧。Sunil 的脸，在这晨光的勾勒中，轮廓更为清晰，他眼神里浮上一层静默的忧伤，更加让我心动不已。

我们再次拿着昨夜的地图一边研究路线，一边寻找有没有可以询问的路人。

一路上，我们聊了一会儿书和乐队：老子、庄子、简·奥斯汀、莎士比亚、Coldplay……算是对彼此的文化进行新一轮的沟通，更多时候，我们都只是在晨光的宁静中走着，在默契含蓄的笑容里相视而笑。

又一次来来回回绕了许多路，似乎继续着前一夜的迷失与寻找。

距离酒店不远处时，太阳已经快要升起。

将近告别了，Sunil 有点神色凝重地说："我今天下午再来找你好吗？……Lydia 对不起，昨晚我担心你不会同意跟我在一起，所以才说今天要离开，其实我们计划是明天才离开这里。"

"啊，那你怎么可以这样！"

"我们一会儿邮件里说好了。"

"你怎么回旅馆？你知道路吗？"

"放心，我会找到路的。"

他往巷子前边走，消失在晨光里。

我轻手轻脚地进了院子，上了楼，躺在房间柔软的大床上，全身都是松懈的困倦，但依旧无法入眠，脑中循环回放着与 Sunil 邂逅的八小时，心里全是温柔与颤抖。

拉市海的风知道

午后，我很快收到 Sunil 的邮件，他说要来酒店找我。

"我想我们可以去看看古城以外的自然风光，我在网络上看到一个叫作拉市海的地方很美。"我在邮件里告诉他，他回复怎样都好。

天已经将近黄昏，高原的阳光格外清透，光线中细微的灰尘飘浮在空中闪闪发光，万物的影子也愈渐悠长。我穿了一袭白色印花棉布长裙，披了条宝蓝色丝巾，一头栗色长发卷曲蓬松，斜挎着一个白色小包，我满意地走出房间。

在邮件里约定好的时间，我来到酒店大门口。

门前那棵高大的杨柳树下，Sunil 正站在那里等我，他浅浅地微笑着迎过来，阳光下，他的笑容那么闪亮。

他果然准时赴约，我心中满是欢喜。

Sunil 戴着深蓝色棒球帽，身上穿了件浅蓝 T 恤与灰色外套，下身是前夜同款破洞牛仔裤，脚上依旧是那双泛黄的白球鞋。我问他:“你过来这里好找吗？”他自信非凡地笑了:“再也不需要地图了。”

我们走到古城外围的时候，在城墙处遇到一辆出租车，上车时 Sunil 对司机用中文说了句客气的“你好”。他告诉我，虽然去过北京和上海，但中文基本就仅限“你好”和“谢谢”。“这是你男朋友啊？”司机问我。“是的。”我回答。Sunil 听不懂，我也不想解释，此刻身边这位就是我独属的男人。

出租车在拉市海的边缘停下，眼前是望不到尽头的旷野、山、湖，通往湖畔，脚下是一段长长的砂石路，路的两旁扎着长长的篱笆墙，里边是高高的庄稼。我们沿着这段粗粝的砂石路走向湖边。已近黄昏，一路上只有我们以及风的呼声，世界又一次只剩下我们。

“Lydia 你的英文很好，你可以去英国教中文。”不知道他瞬间哪里来的念头。

“是啊，谢谢你这样说，嗯，是的，我应该可以的。”我心里很感谢他的想象力，却又想着，英国，简直遥不可及嘛。

“我正在一家室内设计公司做品牌文创的工作。”我说。

“写作是我的最爱，以后，我或许会把遇见你的故事写进我的书里呢。”

“好啊，那我可期待着你的书，写完你要告诉我啊。”Sunil 看着我。

“我以前也写作，我还给杂志写过足球专栏，我到时发给你看。”

……

“以后见到所有跟英国相关的东西，我应该都会想到你。”

“啊，是吗？”他调皮又得意地笑着。

……

“这里好美啊！我好喜欢丽江，以后要找时间再来住一个月。”看着远方的山湖，我不禁这样告诉他。

五月的麦子

开满小花的草甸

拉市海的风和云

“是的，丽江好美。我们昨天去了虎跳峡，太壮观了。我也很喜欢这里。你要再来住一个月，这么久吗？”

我们断断续续地交谈，在当下与未来之间，他走着走着，又忽然停下来，再次拥抱我，低头亲吻我。

……

终于走到湖畔，夕阳的余晖映射着大片草原山湖，草地上微小的野花被阳光的丝线涂抹得格外娇艳，5 月的草原，万物生长，一片柔媚。湖风吹着我的卷发和裙摆，我快步奔向湖畔，Sunil 跟在身后，他拿着手里的相机，在背后捕捉我奔往风中的凌乱。

远方的湖水一片静默，墨色与粉色叠加的云朵紧贴着山湖游行，鸟声与虫鸣起起落落……整片草原，也只有我跟这个异国男子，是我心中完美的样子。

我看着身旁的 Sunil，他脸上也印上夕阳的金色光芒、草原和湖水的静默。

我准备席地而坐，他阻止我说等等，立即脱掉身上的外套，仔细地平铺到草地上，拍拍衣服，再放心地跟我说：

“好了，现在你可以坐下。”我看着又笑了，怎么可以这样对待自己的衣服啊？我坐下后，他自己直接坐在我身旁的草地上。

在山湖无边的沉寂里，他又一次抱了我，呼吸再次落入他的吻当中，时空旋转凝滞……又一次，落入这不切实际的梦境。

天边墨色的云朵渐渐沉入远山，风的呼啸声混合般地涌动在四周。

我们走向这里，原本是来欣赏山湖，最后却被山湖见证，这样缥缈、虚幻、纯粹的相遇，或许也只有晚霞、湖风间游动的神灵才会相信的吧……

回程的路，夕阳褪去所有余晖，天色越来越暗淡，远处的山峦更加深沉，整片旷野，只有风和云、天空与大地、庄稼与树木，以及笼罩所有的静默。而这个瞬息，我们只有彼此。

沿着之前的砂石路，我们一直往大道上走，全黑的夜色里，我们仿佛是在共同走向一个遥远的未知，似乎又一次进入寻找的游戏循环……

我在期待一辆载我们回程的出租车出现，又在想着要是一直这样并肩走着，该多好啊。

最后，一辆出租车还是在我们面前停下，我虚无缥缈的想象同时刹车。

回程的路，车窗外的疏影与灯火不停倒退，我跟 Sunil 一直沉默着。

“Lydia，你愿意的话我还想继续跟你待一会儿……我们还可以多待一会儿的，我们还可以……”接近古城时，Sunil 连说了好几遍。“不，我要回到朋友当中去了。”我也很想继续，可是我又知道我们的时间已经到此为止了。

车在古城边上停下，我们步行到酒店门前，忧伤将我填满，我决定就此与他作别，我完全不知道自己的心智被什么控制，心中溢满离别的忧伤，却只觉得应该跟他告别。他有些落寞，不再重复想要继续多待一会儿的请求。

走到酒店前的杨柳树下，他紧紧地搂着我。“你觉得，我们什么时候会再见面呢？”我望向Sunil黝黑英俊的脸庞，忍不住问他，他又笑了：“十年后吧！”

说完，他又一次抱紧了我，方才的幽默瞬间转换成了夜色一般的沉静。

我们用了最漫长的吻来告别，仿佛这样深入地交缠可以倾尽所有的深情，留住所有的缱绻，吞噬所有的忧伤，仿佛，这份甜蜜可以延展至未来所有的未知……

“Take care, take care, take care...”松开双手，Sunil看着我，一遍遍重复着这句话，目光中全是游离的深情。

我目送他在灯火阑珊中离去，只剩下内心无声的凝噎。

他几步一回头，直到背影完全消失在古街的转角。

古城迅速沉入深深的夜幕，繁星布满天空。我的感知逐渐麻木迟钝，心里空空的，只是觉得，有一部分的自己也随着他的背影远去，在勇敢与直觉之间，继续着不知未来的探险。

这一夜，我在Sunil的旅行日记里看到，他用了“叹为观止”（Amazing）来描述丽江，更写着，环球旅行这么久，他最喜欢的国家，是中国……

丽江之诗:

我无法寻找你

我无法寻找你,
远去的风里,
不再,有你的影踪。
朝阳落日里,
不再,有你的喘息。
你离去的时空,
明月消退,星光黯然,
我的世界,
一片静寂。

我无法寻找你,
无边的沉默里,
一场又一场　花开花落,
一次又一次　云卷云舒,

一季又一季　冬去春来

……

我无法寻找你，

肌肤，依旧存有你的温度，

细胞，依旧留有你的印记。

在空空的幻梦里醒来，

泪滴肆意流淌，

纯澈过钻石，

温柔过星光。

月光的倒影中，

我紧紧抱住的，

只是，我自己。

泰国曼谷 深入世界，触及未知的自己

去远方，寻找宁静

“Bangkok! Bangkok!”听不见的声音在召唤。

2013 年 1 月，二十七岁的我刚刚辞去一家新加坡奢侈品公司市场部主管的工作，同时正在纠结如何处理一段让我陷入心绪纠缠的恋情。

将近春节的时候，我临时订了一张广州飞往曼谷的单程机票，没有计划，没有旅行指南，比过往所有的旅行更无目的，我只想找个完全陌生的地方放空一下，好好处理自己的混沌。

乘坐的阿联酋航班凌晨三点抵达素万那普国际机场，临时决定去往游客们聚集的考山路。待到天亮时走出机场，我在疲惫与期待交织之间找到回城的首趟早班车。

机场渐渐远去，晨光在大地间铺展开来，一路上，早班车里上班族们上上下下，整座城市的烟火气正在重启，异国的陌生感在朝我袭来，心间的某种安稳与确定却在渐长。

第一次单独出国，在完完全全的自由当中，所有的未知都那么值得期许。

尚未到站，司机与身边的乘客开始提前提醒我下一站要下车了，泰国人言语中的善意，就像清晨的光照。我在考山路附近下了车，街边的店铺还都关着门，路上行人寥寥，我拖着十六寸的帆布行李箱独自走在尚未苏醒的曼谷街头。

还没来得及适应城市里扑面而来的陌生，迎面走来一位西方中年男人，瘦瘦高高的他在我身旁停下脚步："你好，你需要帮忙吗？"他问我，很绅士，又有些许拘谨，这典型的英文发音让我有些似曾相识，是的，伦敦腔，我反应到。我不知道他为什么突然这样来问我，只是条件反射的本能让我回应他:“不，不需要，谢谢你。”

我看着他，拥有一头浅黄色的头发，浅蓝的双眼，身着一套休闲西服套装，斜挎着棕色的皮包，他那样一本正经地在我面前站着，好像从古典影片中走出来的人物。

这个人是要招揽旅游生意吗?……看着路旁的旅行社招牌我心里想着。说了“不”之后，我们就这样浅浅地擦肩而过。

完全任凭直觉，我走进大路一旁的巷子，此时要做的是寻找旅馆。带着几许好奇、几许迷茫，都是我喜欢的，生命里，重要的乐趣就在于深入一些不确定的未知。

拐进这个巷子后，我好似误入一个小小的桃花源，这个片区，一路都是民宿与民居，低矮的房屋小巧精致，屋檐下总有清脆的风铃随风舞动，许多院落前舒展着柔丽的粉白三叶梅，紫色的水莲花在静静地开着，附近寺院的钟声不时在空中回荡，遇见的陌生人，迎面都会给人一个平静的微笑。

空气中飘散的，是一种久违的自由与清灵。

拖着行李箱在这个片区来回走了将近两个小时，几乎所有民宿门口摆放的告示牌上都写着“满房”，虽然走到疲倦不已，我心里依旧充满新鲜的愉悦感。这时已经接近正午，一路上来来往往的大多都是西方人，才知道，是圣诞加新年长假的他们占据了这片土地。

这时候突然想起之前遇见的那个大叔可能是真的想要帮我呢。

一路上，我连续两次碰见一位男生，第二次见面时他告诉我，是澳洲人，叫作 Rowan，看到我依旧拖着行李箱在路上游离，他有点同情地笑了：“你还找不到房间的话，给我打电话，我可以分享我的房间，我就住在对面那一栋。”他指向远方，穿过大片草坪，那是一栋独自掩映在树林中的白房子，好似私家别墅，“不过，我的房间只有一张床，嗯，我可以把它让给你呀。”他认真地说，随即问我要了纸笔，写下他的地址和电话递回给我。

我收下他善意的纸条，继续寻找旅馆。

最后，我在一个偏僻狭窄的小巷尽头停下步子。

小巷尽头一栋绛红色的双层小木屋上，上边挂着“My

home”的招牌，站在门口那位微胖皮肤、黝黑的泰国女人微笑着给了我“Yes”的答复。

小旅馆门口整齐排列着各种颜色的人字拖，我脱掉鞋子，随老板娘走进去。

厅堂里面连前台都没有，褐红色的地面干干净净的，厅堂侧门边有个小小的庭院，长长的木走廊向前延伸，我惊喜地发现它隐秘地通向湄南河岸。小旅馆有自己独属的气质，清简朴素，正契合此刻我所要的感觉。

接到钥匙的瞬间，一时有种回到家的归属感，如同旅馆的名称。

一位头发花白的老人，正在长廊边的小茶几上，一边泡茶一边阅读，他看见我，热情地跟我打招呼，指着手中的书，告诉我他正在读的书。他在纸上写下他的名字 Greg，也是来自澳洲。他说每年要来泰国住两三个月，在这里也就只是泡茶、看书、逛公园。他指着楼梯正下边的那个房间，说是他的房间，有什么需要可以随时跟他讲。说这些话的时候，他眨巴着眼睛，眼里一直泛着光。

川流不息的湄南河

清香的水莲花

通往湄南河的长廊

民宿楼上的一缕清新

我从小厅堂狭窄的木质楼梯走上楼，木地板长廊发出咯吱咯吱的响声，屋外的知了，声声回应着寂静。穿过长廊，推开长廊尽头的那个房间，里面有一张单人木板床，一个条形小桌，一台挂在墙壁上的老式电风扇，这就是全部了。

我打开行李箱，看着自己带的几套衣物，目前的全部所需，都在这里了，我感到一股前所未有的松懈。

这趟旅行前，我刚刚在广州做完一场奢侈品生活展，日常的工作让我每天面对着百万级欧美定制家居，每天研究公司代理的欧美古典家居以及阿玛尼、范思哲、芬迪等国际大牌家居营销策略、市场推广……出门一般都是六厘米以上的高跟鞋，工作让我时刻注意自己的衣着装扮……

在此刻的朴素极简中回望那些高贵奢华，它们离我是那么地遥远，强烈鲜明的对比在我面前铺展开来，想着，到底，哪一个你才是你更想去成为的自己？

勇敢的人先享用理想人生

当日黄昏，在旅馆附近的小桥边，有人跟我打招呼，居然是早晨问我要不要帮助的瘦高个男士，我刚抵达曼谷城区第一个找我说话的人，在一天内又再次相逢，我有些惊讶地看着他。

他的伦敦腔，让我想起两年前在丽江邂逅的英国人 Sunil，与 Sunil 的结识让我亲近英伦相关的所有，再次听闻到这似曾相识的口音，我的心理戒备瞬间被破解。

他叫作 David，是英格兰人。

David 在曼谷已经住了一年，他说每天在这里就是画画、写作和冥想："你愿意的话，可以去看看我的画作，我就住在这附近。"我迟疑了一下，最后说了好。

我们步行前往，路遇街头的佛龛和寺院的高墙，David 都会停下来，双手合十低头礼敬，即便隔得远远的，他一样先行了礼再往前。一路上遇见小狗、小猫，他都会蹲下来跟它们问好，摸摸头、拍拍背、逗它们玩，眼里全是自然的爱意。

“我喜欢所有的动物。”David 说。

“啊，所有的，什么概念，那能包括老鼠？”我打趣地问他。

“是呀，那也是可爱的。”

“哈哈，真是不可思议呀。”我有点惊讶，感慨这个“喜欢”在他的概念里真是无限包容，他看着我，嘴角泛出微笑。

这个眼神纯澈、敏感温柔的男人犹如来自另一个世界。

穿过低矮的平房区，我们走进了一栋高层公寓。

David 的房间在第十六层，推开房门，地上整齐地摆放着十几幅后现代风格的人物素描画作，这些人物素描的眼神里透露着一股深邃，好像在直视着什么、看穿着什么。他说三年前开始迷上画画，画画和冥想几乎就是他目前生活的全部。

一眼望去，就能窥尽房间所有，干净、整洁，没有多余的东西，房间尽头的阳台俯视着整个曼谷的灯火，有种不真实的恍惚。

他的洗手间里，宽阔的洗手台上放着一排排的精油，我问:“怎么那么多精油啊？”David 谈到自己以前的职业，他说原本是个精油疗愈师，多年前曾做过一位巴西国际球星的私人疗愈师；他讲了一些他们之间的故事，还将合照找出来给我看。接着他说也曾在澳洲为一位影视女明星做过私人疗愈。那些年都是各个国家飞来飞去，最后来到曼谷还曾给泰国王室做过精油疗愈……听着他的故事和经历，犹如来自另一个世界。

讲到现在的独居生活，他平静地说道，妻子几年前离世，后来他就从英国搬到曼谷一个人旅居在此。他说非常感恩妻子，现在每天的冥想，都是受她影响。

David 特地去煮了大壶洛神花茶，我们讲话的同时，茶也在沸腾，他取出两个马克杯，倒满茶，待到微凉之后，再挖了几大勺蜂蜜，分别放入其中，他递给我，喝起来是酸涩微甜的味道。

我们席地而坐，品着这琥珀色的洛神花茶。

我偶然瞥见一旁小茶几上有张 ID 卡，上面写着 David 的出生年月，我默算了一下，他比我年长十八岁，在我们的对话里，我也只是把他当作同龄人。

David 看着我，突然打开另一个话题："Lydia，你人生最大的梦想是什么？"手握这杯洛神花蜂蜜茶，我一时语塞，无法给出精准答案，这还是第一次有人问我这样的问题。

高考志愿填报时为"兼济天下"的理想报考了新闻系，大学四年级来到中国新闻业发达的南方城市，在最知名的报业集团实习一年后，工作辗转于公关、广告、市场之间，在现实与理想之间，与曾经的梦想渐行渐远。

"我喜欢写作，也许写作出书，成为作家是我的梦想……"我回答他。

我追溯着过往，脑中寻迹着自己的作家梦以及旁人的印证。我初入职场是在一家国际公关公司，那时我在做品牌运营的工作，我记得坐我对面那位选择离职去美国深造的同事，他临走前对我的寄语："Lydia 你的文笔那么好，你应该很快会出书了。"与大学男友分手的时候，他也跟我说："你那么有灵气，文字那么好，以后的你肯定会很有前途……"

"你呢，你的梦想是什么？"我问 David，他非常认真地说："我曾有三个梦想，第一个是成为精油疗愈师满世界跑；第二个是在伦敦拥有自己的房子，这两个曾经的愿望都已实现；第三个梦想是成为画家，现在正在实现第三个梦想的路上，每天在练习画画。”他停顿了一下，“你知道安缦酒店吗？”他问我。“是的，我知道，它很独特，我非常喜欢这家酒店品牌。”“不丹安缦曾经邀请过我去做他们的精油疗愈师，这是个超棒的工作，但我现在只想要画画……”

在 David 的梦想参照体系里，我在一片混沌中思索着自己的人生梦想，等待时间可以给我一个清晰的解答。我与未来之间依然隔着一座悬空的玻璃桥，我似乎触摸不及，我离自己的未来依旧很遥远。

夜色愈渐浓郁，David 说带我一起去吃晚餐：“我们去吃泰式烤鱼好吗？我知道一家店，味道很好。”我们步行至附近街区一家小小的烧烤店，露天的桌椅旁，来来往往的是各种肤色的人群，令人有种不知置身何处的愉悦感和迷失感。我们吃了混合着青柠檬和烟熏味的泰国特色烤鱼，有种天然清香的鲜美。最后，David 接过我没吃完的那小盘蔬菜沙拉，说不要浪费，他自然地吃光它们。我心里泛起一阵尴尬和惊讶，只是看着他，什么都没说。

沿着弯弯曲曲的街道和小巷，我们在夜色中步行到湄南河的码头边，他说：“我平时都不怎么用地图，在这些巷子里任意行走的探索非常有意思。”我想，怎么会有跟我这么相似的人，我就喜欢这样的随意和任性。

码头边，河水滚滚向前，河岸的灯火扑朔迷离，David讲起许多自己的生命故事，他告诉我多年来，他每年都会去一次撒哈拉沙漠：“在沙漠的广阔里，这时你就会感受到时间的流逝如同沙粒的滑动一般，生命的每一个细微都好似细小的沙粒，你根本不知道自己多么渺小。”他也谈到喜欢去墨西哥的海岸看海龟与海豚：“太喜欢去那里，我经常独自坐着，等着它们，那些海龟与海豚，简直就是世界上最可爱的生物，遇见它们的那些瞬间，生命的宽广与宏大，都在你面前呈现。”他谈论起这些的时候，沙漠的广袤、大海的浪漫，似乎都在我眼前浮起……

我知道，David 表述的那些，都是我想要去体验的平行人生，那些诗意、敏感、简单、朴素，都是我羡慕的部分。

“我想起一部电影。”David 突然停顿下来，看着我。

夜色中的黎明寺

湄南河滚滚不息

“你想说什么？”

“那部 *Before Sunrise*（《爱在黎明破晓前》），我们现在的行走和对话都好像那部戏。”

“是的呀，我也觉得好像是这样，那个系列的三部我全部看了好几遍。”我回他，我们提到这部以两个人的对话支撑整部剧情的电影里，男女主角第一次相遇，就在布达佩斯的街头完全沉浸式地探讨着生命。

我们继续讨论着这部电影，这时，湄南河的水，正在曼谷的夜色中滚滚流去。

深入当下　深入世界

曼谷第三天，David 问我：“Lydia，你想不想去 Chatuchak 周末市场？那里很有意思，你应该要去一下那里。”我也听闻这里是个有趣的地方，不假思索地回答“好”。三天以来，David 已经俨然是我在曼谷的私人导游一般，“你去的话，我可以陪你一起去。”他说。

提议后的第二天早晨，David 来到旅馆找我。我们只是在邮件里约好了大概时间，他来得有点早。这个英国人，一身英伦气质站在我面前，深蓝短袖衬衫，浅棕西裤，棕色皮凉鞋，偏分着头发，肩上依旧斜挎着那个棕色小皮包，这个造型与他最爱的电影《英国病人》中的男主角有几分神似。

我让他在楼下等我一会儿，他拿出包中的速写本和画笔，在旅馆通向河岸的长廊坐下，对我说："你慢慢来。"

我收拾打扮了一下，无袖棉布衣，暗红轻薄灯笼裤，彩色人字拖，麻布包，一身闲散的东南亚游客装扮下楼。这时 David 走过来，他手里的画册在这么短的时间里，已经涂抹了河岸的素描。

David 收好画册，我们步行前往码头，他说："我们先坐游轮，然后再坐地铁，你可以全部体验一下。"湄南河的码头上，等候的人群，几乎 80% 都是外国人，让人感觉似乎不是在曼谷。乘坐完一小段游轮之后，我们再走向人潮汹涌的地铁，在地铁的飞驰中，站在我面前的 David 突然跟我说："Lydia，我突然有种约会的感觉，就跟初恋一样……""那应该是你的错觉，哈哈。"我又认真又好笑地回他，他毫不在意地独自陶醉。

我们来到传闻中的那个周末市场。熏香、精油、风铃、木雕……各种艺术品和生活用品都在此陈列，丰富的泰国特色在面前一览无余。

我们在一排排琳琅满目的小商铺中穿行，David 以主人翁和旅居者的双重身份给我介绍着这些商品，犹如小贩在推销商品。我充满了好奇与兴奋，但又觉得没什么好买的，我还要去好多地方，不能带着一堆东西到处跑。

最后我们只是买了两杯果汁，走在这喧嚣的买卖市场，我们享受着无所事事的旁观者的乐趣。

一直逛到近黄昏，准备回程，路边有摩托车手问我们要不要坐摩托车，David 问我："Lydia 你想坐摩托车还是的士？""当然是摩托车啊！"我笑着说。

摩托车疾速穿行在曼谷腾飞的车流中，我坐在车手和 David 俩人中间，长长的卷发随风舞动，风声在耳边呼啸而过，空中充满刺激的快乐，身外一切仿若都被疾驰的风一点点剥开散落，只剩下坐在车上痴痴笑着的自己。

David 接着又问:“Lydia 你还想不想更快一点? ”“好啊! 好啊! ”他跟摩托车手交代:“请开得更快一点吧! ”摩托车手加大油门，车技如同找到发挥余地，摩托在滚滚车流中飞驰起来，不断超越高架桥上的各类汽车。

在倍数的超越中，划过身体的疾风犹如锐利的武器，一层层削落各种隐形的障碍，它们层层崩解，只留下单纯自在，这是我想要的速度与超越。

我从包中掏出相机，紧拽着伸到斜前方，拍了一张我和 David 的合影，我们眼角的鱼尾纹都被笑容撑到最大幅度，每一条纹路，都充斥着旁若无人的狡黠淘气。

疾驰中的我们，如同繁华城市里的一粒尘埃，我们离开按部就班的日常，好似齿轮上的螺丝钉悄然蹦出原有轨道，在这样的瞬间，我们离开世界，世界离开我们……

“纯洁无瑕的生命是多么快乐，遗忘世界的人，世界也把他遗忘。美丽心灵的永恒阳光，接受每个祈祷，回应每个愿望。”(How happy, is the blameless vestal’s lot? The world forgetting by the world forgot. Eternal sunshine of the spotless mind. Each prayer accepted and each wish resigned.）这一瞬的当下，都契合着电影《暖暖内含光》中这段我在心中默念了无数遍的台词。

在飞驰中，我们又是如此赤裸地暴露于某种存在当中，穿越时间，穿越幻象，紧密地存于大地、空气，与周边的一切紧密连接。

……

在曼谷的几日，我一直借着这个英国人的视角探寻着这个城市不同寻常的丰富与平静。

David 亲自带着我寻访了许多美食街道景点，也为我手绘了许多他独属的线路图，为我写下许多美景、美食、电影、书的推荐。

阅历丰富的他不仅仅给了我一个发现与探索的平面指引，更给了我一个走向自我内在的精神指引。

走在曼谷的大街小巷里，我跟 David 一路讨论着文学、创作、人生，每个主题都够我们滔滔不绝。

与 David 对话的过程里，我的愉悦中带着碰撞的微醺感，在这些时刻，我的英文能够自如表达所有，在各种热烈

风中的平静

琉璃窗的光照

祈祷

的讨论之中，生命中的那些琐碎与过往都被抛掷在另一个空间，过去的那个“自我”对我来说，好像成为另一个平行版本，我只管专注和沉浸于当下，享受和拥抱身边正在发生的一切。

在一个陌生国度，我再次遇上了心灵默契的英国人，这样的灵魂碰撞，对我来说是意义非凡的。我寻思着生命中某种隐秘的联结与指引，让我一再走进自己内心期待与向往的生命体验。

……

几日后，我准备前往清迈。

David 陪我在附近的旅行社定了前往清迈的火车票。临行前，他来送我，特地给我带来一袋零食说你在车上吃，还买了几本英文原版书给我。我有些意外，最后挑了一本他之前跟我提到好多回的《牧羊少年奇幻之旅》，我对他说其他的书回程时再找他拿。

“在这个星球上，存在一个伟大的真理：不论你是谁，不论你做什么，当你渴望得到某种东西时，最终一定能够得到，因为这愿望来自宇宙的灵魂。那就是你在世间的使命。”远去的列车上，我翻着这本《牧羊少年奇幻之旅》，在这段话画下标注，思索着什么是我的渴望，什么又是我的使命。

回想这一程，恍然明白，这些所有的际遇与指引，这些梦境般的美好与平静，似乎都是为了告诉我，去与你内心真正的渴望与使命相逢。

泰国 Pai 试着，把一天当一生

去往泰北隐秘之境

从清迈开往小镇 Pai（拜县）的小巴士，在灿阳下的山林间穿行，沿途是泰国北部蜿蜒曲折的一路碧翠。

车里也弥漫着阳光的味道。

我身边坐的是一群卷发的西方人，都是背包客，大家一会儿就熟悉起来，在兴奋的讨论里，很快知道每一位分别来自法国、德国、澳大利亚、荷兰……

蓝眼睛的德国男生将手中的啤酒递到前排，长发的澳大利亚女生将手里的零食传到后排，车里就是个小小的无界联合国。坐在我身边的法国男人，一路不停地哼唱着好听的法语歌，半路停车时，他还特地捡起路上的紫色勒杜鹃花瓣，仔细地别到帽子上，他的话不多，却到处都是他的法式浪漫与松弛……

阳光的斑点不时越过林荫在我的脸上晃荡，莫名的微笑从我的嘴角溢出，身边这份没有隔阂的轻盈自在，延伸向没有边际的泰北森林。

深入当下的愉悦与放空，在某些瞬间，似乎让人忘了此时前往的目的地。

我想起几天前，当我还在曼谷计划启程前往清迈之时，英国人 David 告诉我："清迈附近有一个叫作 Pai 的小镇，大概三小时车距。Pai 很小，四面环山，非常幽静。我十一年前去过，特别喜欢那里，你应该也会喜欢。"他进一步的描述是，那里有瀑布，有寺院，可以徒步，可以骑大象，还有料理学校，可以去学习制作泰国料理。他还特别为我讲述了一段故事，在 Pai 的时候，David 利用自己精油疗愈的特长，在 Pai 的小医院成功志愿治疗过一位因车祸受伤的德国女生……他的讲述让我对 Pai 充满了向往。

抵达清迈的第一瞬，我就喜欢上这个清丽幽静的小城。在清迈，我结识了拥有浅浅笑容的日本女生，离别时她在我的笔记本上写下她的名字“长濑千寻”。还有开旅行社的泰国男子请我去他的旅行社吃了他亲手做的冬阴功汤，那是我吃过的最美味的泰国菜。这里一路上都是浪漫的咖啡馆、西餐厅、精美的民宿，以及清雅宁静的寺院，全都令人动心。但在清迈的几天里，我心里还是一直惦记着 David 描绘的这个世外桃源一般的小镇 Pai，很快就决定要前往 Pai。

车一路颠簸着前行，窗外不断倒退的丛林疏影，让人逐步进入一个全新的世界。

终于，小巴士在 Pai 的路边停下来，我的思绪，一齐停止。天已经全黑了，走出车，迎来的是山城冰冰凉凉的空气，暗淡的路灯里，周边是低矮的房屋与店铺，我也由短袖换上厚厚的外套。

下车后，一车人互道安好，各自前往目的地。直到剩下我独自一人，我才恍然，方才的热闹已经离我远去了，对照

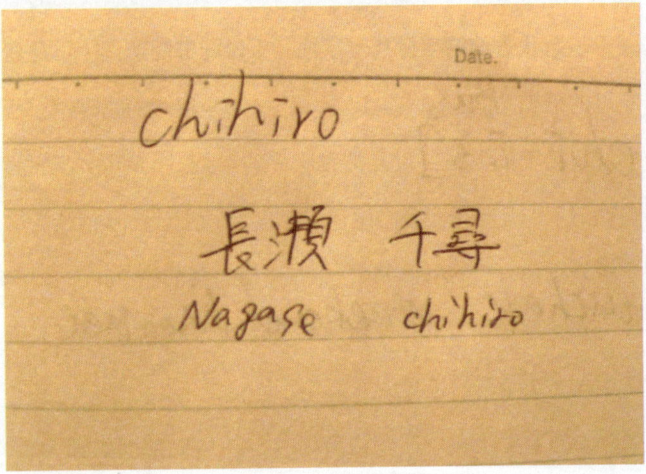

日本女生写下的名字

着地图摸索着旅馆的路线，一股孤独感猛烈地向我袭来。

下了车，走在街道上，突然发现手机在途中丢失了，我回想着手机里的各类信息以及人、事、物，它们现在都远远留在另一个时空，我与过往的联结在此刻被切断。

我记不起在哪里丢失了手机，只好任着生命之流，让自己进入一个完全的陌生时空。

身边一切显得陌生又模糊……

这时，一位瘦瘦的年轻人突然从夜色里冒出来，他走到我跟前："你好，你要去哪里？你需要帮忙吗？"

面前这个人，有着一张历经沧桑的黑色脸庞，他戴着顶针织帽，穿着件宽大的毛衣和牛仔裤，语气格外恳切。我翻开手中那本旅行指南，问他我画线的那个旅馆怎么去，他说可以带我去。路上他说自己是尼泊尔人，走到河岸边时，他告诉我，他住在对面的小木屋里。

他带着我路过小溪流，路过燃着篝火的酒吧，最终将我带到了我要去的旅馆。正当我内心充满感激之际，他也以一个听起来就难以成立的理由，找我借一千泰铢。我给了他想要的钱，不去理会他是否还我，依旧对他的领路之恩说了感谢。

下榻的泰式旅馆，有个很大的庭院，房间很大，有种空荡荡的阴冷。我关上门，忘掉刚刚那张黝黑沧桑的尼泊尔脸，将泰北小镇这无比清凉的夜色关在门外。

爱在 Pai 的每一天

一大早，窗外明媚的阳光唤醒了我，也驱散了前一夜的清寒。

看着窗外的阳光，我感到独自一人的轻盈与满足。

换好衣服、整理打扮过后，我走出房间，只见旅馆的长廊尽头，一位年纪很大的西方老太太正坐在阳光里捧着书本，整个院子都充满了她埋头阅读的静谧。

她一心专注在书中，似乎完全没被我经过的脚步影响。

我就这样轻轻地从她身边走过去，走进 Pai 的清晨。

Pai 是个很小的旅行小镇，街旁房屋几乎都不超过两层楼，街边许多店铺里都售卖着民族风的衣服、饰品或是艺术品，到处是风情各异的咖啡馆、酒吧。街角生长着一些高大的树木，空气里飘散着街头小食的诱人香味，也混杂着白色鸡蛋花的清香。远方小山顶上的寺院不时传出空灵的钟声。街道之外，四处林立着各种度假小木屋。更不可忽略的是到处刷着存在感的“I love Pai”的招牌，有股让人对这个小镇非爱不可的架势……

小镇的路上很安静，人也很少，这是一座很有自我风格的小镇。我骑着自行车，驰骋在 Pai 的和风清寂中，一路向前，走出街心，周边是四面环山的明净青翠。

这个季节，是我原有概念里的冬季，而我面前的田野里，成片的油菜花已经结了绿色的荚，橙黄的凌霄花在原野里到处点缀，三三两两的大象载着游人在林荫道上踱步……

原有固化的认知被打破，我被身边美好的一切冲击着，脑中一片空白，失去季节的概念，时间与空间也被打乱，完全置身当下。

……

待我回到旅馆的时候，早晨出门时遇见的那位老太太依旧在沉浸在她的书本中，只是坐的地方由长廊的角落换到

飘落的鸡蛋花

了大堂的沙发。她的发丝已经全白，身体瘦瘦小小的，在她的脸上，岁月已经雕琢了一切应有的皱纹与印记。我们相视而笑，她的眼神里带着一股清澈的温柔。我们说话了，她叫 Antje，来自德国，八十多岁的她一个人来到 Pai。

Antje 身上那股沉静的气质，让我瞬时想起在曼谷旅馆遇见的同样每天捧着书本的澳洲人 Greg。六十九岁的 Greg 每年冬天都会独自在曼谷住三个月，这时候，他每天也都只是读书、煮茶、去湄南河畔的公园散步。我每天外出回来看见 Greg 的时候，他都会眉飞色舞地跟我谈论当天的读书心得。在路上碰见我横穿马路的时候，Greg 会停下来特意护送我过马路："Lydia，你要小心一点，曼谷的交通太疯狂。"送完我，他才放心地转头走向回旅馆的路。每每在旅馆或路上碰见，他都像自家的长辈一样，给出和蔼关切的微笑，时时都想着给我力所能及的关心。

眼前的 Antje 捧着手里的书，她是那么地安静，我从她的眼神里读出 Greg 看我一样的温情。跟她寥寥地谈论了几句，我离开了，她继续低头进入书中的另一个世界。

如此这般，住在这家旅馆的一连三日，我出门和回来基本上都会遇见Antje，她一直就像我们第一天遇见的样子，静静地坐在阳光里阅读。我经过的时候，她都会给我浅浅的、会心的微笑。我们很少谈论什么，但我在她的眼神里，却又总觉得能读出一些非同寻常的东西。

她的存在，好像Pai之于我的意义，恬淡舒缓，又拥有自我的笃定。

在那间旅馆住了三晚后，我搬去了沿河的另一间小木屋，继续着我在小镇Pai的各种探寻与遇见。

我没想到还会遇见Antje。

离开Pai的前一天午后，当我走到小镇的街心时，Antje正一个人斜倚着后边的颓墙，像是在沉思，又好像仅仅只是站着，路上的行人来来往往，她好像完全没有注意到其他的存在。夕阳与微风抚摸着她银白色的发丝，在这一刻的寂静中，她瘦弱的身姿，有种站成永恒的姿态，我突然觉得好美好感动。

我走上去喊她，她从寂静中回过神来，露出恬淡的笑容。

“我明天就要离开Pai了，可以拍一张你的照片吗？”

我问她。

“不要了，我已经太老了，不好看。”她笑了，腼腆地摇摇手。

“Lydia，你的旅馆名称叫什么？你明天什么时候走？我过来送你。”

她拿起纸笔，记下我的地址。

……

“将你放在我心里”

“找到这里太开心了，我今天早晨醒来满脑子都是你和你的旅馆名称，Lydia，Lydia，Riverside，Riverside，我心里一直在重复着这些。”Antje 站在我的小木屋门口，她一脸兴奋地说着。

看见她的激动与笑容，我心里已经在落泪了，她居然真的会来！

“Lydia，你一定要记得，我会一直将你放在我心里。”

她看着我，轻拍着胸前心脏的位置。

Antje 张开双臂轻轻地跟我拥抱，她的身体单薄轻盈，在她的怀抱里，我感受着一股涌动的温暖。

身后的院子里，一大片金黄色的凌霄花攀缘在空中的木架上，在清晨的阳光下熠熠发光，艳丽地衬托着她摇摇晃晃离去的身影。

我们默契地没有询问联系方式，因为我们肯定彼此都会将这样的温暖默默地、深深地放进心底。

那天午后，意大利朋友陪我前往车站，我上了重返曼谷的大巴。

恋恋不舍地离去，一周以前，我来的时候，两手空空，走的时候，心中盛满小镇赐我的细腻温柔。

抵达曼谷后，我心里依旧惦念着 Antje，是什么让年迈的她一个人跨洋越海地来到这里？我特地发邮件给在 Pai 结识的德国男生 Henning，嘱咐他说我在 Pai 有一位朋友 Antje，也是德国人，如果你在 Pai 的街头遇见这位满头白发的老太太，请你一定要陪陪她。

在 Pai 的一周时间里，我骑自行车也徒步，独自探索着周边的各个小道、村落、寺院，认识了不少不同国家的朋友：旅居在此的中国人带我去大峡谷观赏了 Pai 最壮观的落日，意大利人带我在酒吧认识了薄荷味的 Mojito，也跟英国人一起在河畔的夜色里看了徐徐升起的孔明灯……

然而，苍老瘦弱、温暖倔强的德国老太太 Antje，却成为我心中小镇 Pai 最鲜明的印记与化身。

那一天，夕阳的余光里，发丝全白、清瘦柔弱的 Antje 斜倚在颓墙旁的沉思，一点点化作我心底最悠长的人生情诗。

记得你善意惊奇的微笑，记得你在夕阳中手肘颓墙独自思考的身影，记得朝阳中你沉浸书本的安详，记得你孤独却倔强的内心，记得你跟我挥手久久不肯离去的孤独。世界上相遇很多，简单却深入人心的寥寥，我爱着你年迈的丰富和孤独。——To Antje, You will always in my heart. 我在自己当日的旅行笔记中这样写道。

峡谷的日落

爱心孔明灯

我也相信，不管 Antje 身在何处，她也一定能收到我从内心深处传递到无形空间里的爱与祝福。

所有遇见　都是你自己

我一直惦念着 Antje，后来，我在曼谷也收到德国男生 Henning 从 Pai 写来的邮件："我运气很好，果然遇见了你说的 Antje。我跟她聊了四十多分钟，如果不是 Pai 的狂风乍起，我还很想跟她多聊一会儿。Antje 收到你在曼谷的问候，她超级开心。"

我为这股不可思议的联结感到高兴，来自同一个国家的他们因我而相遇了。

Henning 是位高高瘦瘦的德国男生，当时我们乘坐同一辆小巴从清迈来到 Pai，后来在小镇上再次遇见他的时候，与我身边另一位意大利人一起，我们三个人吃了顿午餐。

Henning 很高，看起来足有一米八五，他比我小一岁，拥有一头柔黄的卷发和一双澈亮的蓝眼睛，讲话的语调快速沉稳，率真睿智。

在餐厅里，Henning 一直笑着谈论自己的旅居史，他去过很多地方，在美国、韩国、日本、泰国都旅居教过英语或德语。

他看着我，用他灿烂的笑容对我说："我去过很多地方，遇见过很多中国人，我觉得 Lydia 你真的非常特别啊！不知道为什么……我曾经也有过一位关系很好的中国朋友，我们是在美国认识的。"

Henning 转向我旁边的意大利人，重复着："她有一种说不出来的特质，好特别。"我旁边的意大利朋友微笑默许："是的呢。"

Henning 的表述率性又认真，他大大的蓝眼睛盯着我，里边装满深邃。我知道他没有奉承我的必要，但他也没讲清他所谓的特殊是指什么。

我心里坦然接受他的评价，我想，应该是我这时的包容与开放，让他觉得跟我相处没有距离感。

我们持续讲述着各自的旅行与阅历，Henning 的语气里，都是年轻的幽默、诚挚。他说过两天要骑两个半小时的摩托车去一个隐秘的景点为一家杂志拍一些照片，钱不多但是很有趣。他喜欢 Pai 这里简单纯粹的生活，他要在这里住上一段日子。

他讲述这些的时候，一副满足又享受的样子。

……

离开 Pai 的前夜，我在街头又一次遇见了 Henning，我们在街角的咖啡馆坐上了一会儿，在 Pai 的静谧中，我跟 Henning 轻描淡写地讨论着彼此的人生观世界观，他一直率性地笑着，眼中的火花，与眼前篝火的光亮一同交织。

我抵达曼谷后，Henning 写来邮件，在文中特地为我罗列了许多有趣的玩法，包括他认为在曼谷必去的寺院、文化艺术中心以及他探寻到的各种小众的路线。

他写来的第二封邮件里，他说，等到中国新年的时候他也要回到曼谷："Lydia 如果那时候你还在曼谷，我会直接带你去到一个令你感到不可思议的地方，我先不告诉你，等到见你时再告诉你惊喜是什么。"

打开这封邮件时，我已经离开了曼谷，有点遗憾地错过他计划里的惊喜。

但我知道，待到那时，他一定会拥有另一份属于他自己的精彩。

从曼谷到清迈再到 Pai，整个二十多天的历程，是我第一次与众多不同国度的人们共处。在这一程里，我完全依循直觉来探知外在，带着无条件的爱与信任置身其中。

也许，这就是 Henning 讲到我的特殊性。

在我误入的“地球村”里，身边所有的遇见都在回馈给我未曾想到的爱与温暖，语言、文化、种族，都没有产生隔阂，反而将我与这世界产生更加深度的联结。

在这一程，我仿佛丢失了名字、职位、身份等等各种标签与定义，在眼前的世界里，只有一个暂时被唤作 Lydia 的代号，她不需要成为谁，不需要被定义，她只需依照内心，随意行去，在这样的状态里，每一天她都活出自己想要的样子。

敞开内心，与世界合为一体，这个试图在混乱中寻找内心平静的女孩，在这一程当中已经得到了来自全世界的恩典。

柬埔寨吴哥 这些微笑，都是生命之源

多痛，都要抬头觅光

热带丛林深处，到处都是古旧破败的寺院遗址，高大茂盛的树林掩盖着天空。

坠入九百年前真腊王朝的昔日之痛，身处吴哥，我感到一种难以言喻的沉闷压抑，宏伟与落寞，辉煌与沧桑，尽在眼前交织。

十二世纪初吴哥的建造者高棉国王阇耶跋摩二世，将印度教里世界中心须弥山的概念融入整体设计当中，用以供奉印度教的主神毗湿奴。他怎么能想象，他建造的这个世界的中心，这个对他而言的全世界，有一天会成为一片废墟。

万物一如我心。

抵达吴哥一周前，我婉拒了首个求婚者，我只知道，自己不想要被包裹、被拽紧的“爱”。我感到一股被胁迫的伤痛，我还是不确定自己到底要什么。

我想，人们之所以会有受伤的感觉，大抵是因为意志在游离，不清晰自己真正想要什么。如果心中一片明晰，身处了了分明的行动当中，就不会再有那些模棱两可的痛苦。

这时的我，还是似懂非懂，我知道自己不想要这份婚姻，可依旧不懂拒绝的真义。一周后，我跟这个男人又被生命纠缠到一起，带着内心的划痕，置身于东南亚的荒夷之地。我不知道自己是在被什么挟持，但我知道，这一次肯定不是直觉，生命之流似乎停滞不前，我正在进入他人的生命剧本。

我们租了自行车，跟途中结识的另外两位男女一起，晃荡在这片看不见尽头的石窟、庙宇、森林之中。

1月的暹粒，天气好热，一路上都是风卷微尘，空气里边似乎都在冒着热气，沿途的所有，都写着这个地方的贫瘠与沧桑。骑着车驰骋在这样的风里，身上的汗水一滴滴地凝结成旅行者的痕迹。身边的武汉姑娘与新疆小哥，他俩因拼房而相识，爽朗不羁的笑语一次次打破我内心的静默：多好啊！这无所求的率性与青春。

我沉默寡言，却也跟着一起笑，任凭忧伤在内心翻涌。

无意身处何地，无意面前的庙宇、景点，我只在他们的讨论里获取只言片语的讯息，女神庙、巴肯山、塔布隆寺、巴戎寺、比利寺、圣剑寺……这些名字，被他们持续的讨论，悄悄潜入我的神经。

我的存在感在消失，思绪似乎游离在身体之外。

热辣的阳光从浓密的大树高处洒下来，丛林里的猴子们在林荫间穿梭、栖息，趁游人不在的时候跳上他们的 TuTu 车上蹿下跳，大胆张扬地从车里取走水和食物。来来往往的欧美背包客们在庙宇遗址的断墙前仔细揣摩着壁画与佛像。一个又一个的旅行团，熙熙攘攘地在景点前拍照打卡匆匆而过……只有一位全身涂抹着忧郁的中国女子，在此恍然。

诸佛残破的注视，无处不在，我只觉自己的肉身如同被挟持一般，在斑驳的古迹中游离。

面前是整个吴哥建筑群的断壁残垣，辉煌与坍塌同在上演。我深知，个人的伤痛，糅杂嵌入这庞大的历史，是如微尘一般的渺小虚幻。

十二世纪初吴哥的建造者高棉国王阇耶跋摩二世，将印度教里世界中心须弥山的概念融入整体设计当中，用以供奉印度教的主神毗湿奴。这微缩的世界中心，最终不敌一次次的战火蹂躏，最终被遗弃在丛林深处，直到四百年后的1861年才被追逐蝴蝶的法国生物学家亨利 · 穆奥发现。

> 一大片的石柱与回廊，上面耸立着圆弧形的屋顶，并有五座高塔加冠，最高的那座直立在入口的尽头，其余四座则在四个角上。这建筑物以它宏伟的轮廓，对应着天空的蓝天，与背后浓密的森林，呈现出优雅庄严的气息，乍看之下，觉得那线条勾勒出来的，是一个已逝去的民族的巨大坟墓。

首次发现吴哥的穆奥，如此记载着丛林深处的奇迹。

时间与空间仿佛在此交错。

那些千百年的参天大树，密集高耸，无尽头似的罩住着周边所有，它们越过战火纷争，越过岁月流转、世事变迁，与这片古迹的斑驳共存。

著名的打卡点电影《古墓丽影》拍摄地塔布隆寺里，大树底端的根茎，齐齐伸张出密集的白色触须，强劲地抓住坍塌的断壁。在这些强悍有力的抓持中，雕刻着各种佛像壁画的颓墙，早已生长出另一种生生不息的力量。

古旧的寺院、宝塔，在风雨侵蚀中，锈上屹立不倒的威严，太阳的光线，在庙宇屋顶的缝隙之间，照进空间中的幽暗，空间中仿若依旧回荡着神灵的庇佑，九百年前的祈祷，依旧在空间中传诵回响。

在这祈祷的回响中，我确确实实地，接过了一束光。

它从佛塔高顶的缝隙间透入，来自太阳，亦如来自天堂，它照亮颓墙四周的阴暗。我走近这束光，将它捧在手心，那一瞬，这份温暖，好似在不断扩散，它晕染着我的身体，

时间与空间在此交织

总有光照

晕染着周边冰冷的石壁，晕染着一切可见不可见的裂缝。

在这束光中走出来的时候，石墙外的乱石堆上，一位身着白色衣裤的西方男人正光着脚站在巨大的石块上打太极，这样的优柔轻姿，在厚重的背景映衬下显得格外轻盈，他停下来休息的时候，友好地过来打招呼，说自己来自法国。

也许是东西方之间文化的碰撞，也许是现代与远古的时空交融，这样归于轻灵的舞动，这样擦肩而过的微笑，让我心生莫名的感动。

诸佛的微笑，虚空般的平静

面对着他，阇耶跋摩七世，高棉帝国曾经的王，吴哥的主要建造者之一。

他平静祥和的笑容，正在感染我，熏染我。

他的微笑，从巨大的石塔中漾荡开来。

我包裹着蓝色的头巾，面对着他，久久凝视，久久沉思，笑容从我的嘴角微微漾出。直视着破碎石壁间的微笑，

高棉的微笑

那微笑吞噬痛苦也吞噬忧伤，我在想，到底什么是“我”，什么又不是“我”？

置身于耸立的五十四座四面佛塔之间，二百一十六幅四米高的诸佛之笑，在看不见的虚空，将我重重包裹。

这里是巴戎寺，吴哥的中心，亦是建造者阇耶跋摩七世意念里世界中心的象征须弥山。五十四座佛塔高耸林立，镌刻着举世闻名的“高棉的微笑”，这些微笑，皆以阇耶跋摩七世的面容为原型，向四周散发着平静祥和，也诠释着当时帝国的信仰从婆罗门教到佛教的转型。

在此，神明与凡夫借着佛塔得以息息相通，人人都获准一条通往神明之道。一层堪比一层陡峭的佛塔，犹如层层递进的心灵进阶。主宰时间与空间的是概念中的须弥山，亦是每个人心间的神性。

石雕的佛像俯视着众生，眼神里，是浩瀚的慈悲，微笑里，是虚空般的平静——人人在小我臆构的围城里反复轮回，在通往的神性之路上处处自我设障。

我在这样的沉默中沉沦。

在这些佛塔的周边，是四条通往各处的长廊，内回廊镌刻着佛教神话的浮雕，外回廊镌刻着战争俗事的浮雕。

神性与尘俗，在内外无限延展着两条各自的平行线。

拥抱日落，拥抱神性

在暹粒的最后一天，特地前往市郊的科荣寺看日落。

午后出发，烈日炙烤着大地，让人怀疑阳光灿烂才是这里永恒的主色调。前往巴肯山的路上，我们的自行车驰骋在尘土飞扬的乡野大道。大道两侧，有一些异常简陋的吊脚楼，这是当地人的居所，有些吊脚楼还用作商铺，零食与日用品稀稀落落地摆放在货架上一览无余。路遇的男女老少，都是那么地羸瘦，在他们怯怯的眼神里，我却总是看到一种挣扎与期待交织的光。

路过满池荷塘，点点浅粉色的荷花正在莲叶的碧翠中开放。停下自行车，步行至荷塘，荷塘旁是一个简易的茅棚，茅棚边几件衣服凌乱地搭在杆子上。一位五六岁的小女孩从里边走出来，她穿着褪色的睡衣睡裤，脚穿一双凉拖鞋，头发凌乱地扎着，黝黑的脸上，笑容涩涩的，跟这池中的荷花一样，令人怜惜。茅棚里，还有一位不到一岁的女婴，她赤裸着身子，只穿了一个拉拉裤。我向小女孩买了几朵荷花，放入自行车的篮子里，一路前往科荣寺。

沿着台阶攀登上小山的山顶，这里是古老的科荣寺。年久失修的石头墙壁被一根根粗重的木架撑住，给人一种不知何时就会坍塌的危机感，堆砌寺院的巨石都被风雨浸染成墨黑色，漫天飞舞的黑蝙蝠环绕着寺院遗址上空，飞鸟也在空中来来去去……时间倒转到不知哪一个过去。

与我们一同在此的，只有寥寥几位西方游客。

这里是吴哥绝佳的小众落日欣赏地，大家都默契地为落日而来。

在山顶远眺去，一望无际的丛林之上，圆圆的太阳被渲染成浅浅的粉色，褪去了白日时分那些耀眼的光芒，落日在此刻尽显娇柔之气。霞光映满天空，落日下的碧色丛林被薄雾与霞光笼罩，既壮阔又柔美，仿佛一切都带着神性的旨意。

闭上双眼，被柔光浸染，我完全迷失在此刻的日落，这

远眺洞里萨湖的落日

晚霞映满天空

古驳的科荣寺

莲塘边的暹粒女孩

是我见过最美的日落，这样的时刻，完全让人相信，在丛林与庙宇之间，众神的守护一直都在，只要敞开心扉，就一定能感知到。

回程的时候，古老斑驳的科荣寺建筑群，正倒映在粉色的天空，被这柔光抚摸过万千遍的它们，古老而迷人。

远方，整座城市的灯火与荣耀，鲜活与寂灭，都与天边的微光一同渐渐沉入无边的黑夜。

在这异域的晚风中，我触摸到了这股柔软而坚定的力量。

愿你何时都有微笑的能力

我记得在堪达尔寺门前遇见的年轻女孩，我们相视而笑，如此的微笑一直停留在我的记忆中。

愿你此刻也在微笑，愿你无论何时都拥有微笑的能力，在旅途中，我将所有对我微笑的人都铭记于心……你是上天赐予我的盛礼，你给予我非比寻常的感觉，你的所有都是如此的独特，请记住，你拥有神赐的庇佑，并且这种非凡与正向的能量将永存于你的内在。许多时候，我都会缅怀这些微笑……它们正是生命的力量之源。

（I remember the young girl seen in front the temple Wat Kandal... we smile... I have in my mind those smiles. I wish you are smiling now... I wish you can be able to smile every time. I carry in my heart all people who smile to me in my journey... you given me a big gift, a great feeling. All of you are special... you have a big blessing, don't forget... and this extraordinary and positive energy is inside you always. And sometimes I miss those smiles... are the power of life.）

这是意大利人 Cris 回到米兰之后写给我的信，如他信中所说，我们相识在堪达尔寺前。

堪达尔寺位于距离吴哥三小时车程的边境小城马德望。

我原本并不知道这个寺院的名称，那一天我只是拿着一张地图，随意行走在博物馆与寺院之间。

马德望虽然号称柬埔寨第二大城市，但是这个城市很小。低矮的房屋与尘烟四起的中心道路，似乎更像中国边缘的大乡镇，让人有种时光逆转的感觉。路上散落着摆摊的小贩，拉着游客的三轮人力车，一切悠闲缓慢，正如这个城市的调性一般。

此前，我完全没有听闻过马德望这个名字，它更不在我的行程与期待中，来到此地，似乎都是被自我之外的人生之线拉扯着，我感觉依旧停留在他人的剧本当中。

抵至小城的第二天，同行友人们直奔当地享有盛名的竹火车，我并没有这样的猎奇之心，更或者，我只想丢弃一些思绪，独自待着，走进这个小城的清寂。

我就这样一个人，扎着马尾，粉色背心、牛仔短裤，行走在街头。

我先去了博物馆，接下来探寻小城无处不在的寺院。

其实，这些也都并非我的兴致，我只是不知疲倦地走在自己的寂静中。一路上，在马德望人闪亮的笑容中寻找简单纯粹，在古旧斑驳的寺院里寻找内心的安宁。

在吴哥的光环之下，马德望是游客罕至的小城，走了一路，我很少看到游客，也更无心关注身边的其他。

不过，我却在此一再而再地遇见同一个人。

一整个下午，在三座不同的寺院，我都遇见这位西方男人。我们不停地相遇。他孤身一人，在寺院行走、凝思、拍照，下了人力车，又上了人力车……我们一直没有打招呼没有说一句话。这里原本就几乎没有游人，我们彼此的出现，其实都格外起眼。

第三次，在一座金色的寺院寺门前，夕阳最后的余晖里，这位中年男人正从人力车上走下来，他拿着相机拍摄寺院高墙上的一排佛像，相机的镜头之外，我们的眼神在此触碰，相视微笑。

他看起来有一股干练的气质，但眼神里又带着一丝忧郁与游离。他叫作Cris，是来自意大利的室内设计师，在米兰拥有自己的工作室，四十三岁，但看起来比实际年龄年轻得多。

堪达尔寺大门

马德望的光

小僧人

夕阳下的堪达尔寺

听到意大利这个词，顷刻之间我产生一种自然的亲近感，意大利这个名字很早就在我心中刻下浪漫深情的印记。最早是因为意大利国宝级盲人歌唱家安德烈·波切利，多年前的一天偶然在商场听到他的《寂静之声》，当时便挪不开脚步，歌声中的深情、浪漫、空灵，多年后依旧回响在我的印记中，便也爱屋及乌地爱上这个国度中那份浪漫不羁的艺术气质。

茱莉亚·罗伯茨主演的电影《美食祈祷和恋爱》中，前往意大利寻找自我的女主提到“我感到罪恶，来到罗马几个星期，我光是学会几个意大利字以及狂吃”。意大利人如此回她：“你感到罪恶是因为你是美国人，你们不懂自我享受。……无所事事的甜蜜，我们是这方面的大师。”

“意大利”就这样成为我心中懂得享受生活与当下的一种代言。

几个月前，我所处的那个公司代理着许多意大利手工艺术之巅的家居品牌，作为市场主管，我工作内容的其中之一便是深度探索产品之后所有的文化渊源。这位意大利设计师面露悦色，眼前这位女生很懂他的文化。

“你一个人来到马德望？”

“不是，朋友们骑着摩托车去体验竹火车了。”

Cris 一脸平静。

“我不想跟他们一起去，我对竹火车没兴趣，我只想自己一个人随意走走，下午去了博物馆，又去了这些寺院。

“我拒绝了一个人的求婚，又跟他一起旅行，我思想有点不清晰……”

Cris 也跟我说着自己的故事，他刚从马来西亚的一个小岛上过来，一个人在东南亚晃荡了好几个月：“我们挺相似的，半年前我跟女朋友准备结婚，但是有些事情打破了计划，原本现在我们应该已经有 baby 了。

“我给生活按下一个暂停键，离开原来的所有，在旅行中思考，我想寻找人生更多的可能性。”他继续讲。

原来，我们最初相视的微笑里，早已种下了一份理解与包容。

Cris 邀请我坐上他雇的人力车，说一起吃晚餐。

小城的河道长廊旁有很多的露天餐馆，我们选了其中一家，吃了一顿很简单的晚餐，之后便礼节性地拥抱了一下说再见。

我也以为，这是一个相逢不过三小时的小故事。

在马德望的第三天，当我拉着行李箱走向汽车站准备离开的时候，一个熟悉的面孔远远迎来，居然是 Cris！还是那天一样的衣着，牛仔裤、T 恤、人字拖，他远远地喊我："Hey，Lydia，真没想到还能遇见你！"

吸引力法则真是友善，让我们一遇再遇。

我们又给了彼此一个大大的拥抱，留下 E-mail，便匆匆转身告别。

……

托斯卡尼艳阳下的来信

"愿你此刻也在微笑，愿你无论何时都拥有微笑的能力。"重复读着 Cris 写来的信件，我的心间泛起微微的涟漪。

"附件里的照片是我在托斯卡尼拍的，我近期都在这儿，这是我的圣地，每次来到这里我都感觉棒极了，如同来到奇幻之境，与你共享这个奇幻。”

（“I have made the attached pictures in Tuscany where I've been in this days: it's my special place, every time I go there I feel very good... It's kind of magic. I share with you this magic!”）

来信时的 Cris 已经回到了意大利的托斯卡尼，E-mail 的附件里他添加了许多随手拍摄的托斯卡尼风景照。

在这些关于托斯卡尼的照片里，我看到他私藏的春天：木质长廊延伸至浩瀚的大海，长廊两旁的树枝与野草被海风吹弯了腰；石头砌成的土黄色房子里，大大的院落中随意摆放着休闲桌椅，一串串紫藤花正在枝头吐露芬芳；皎洁的圆月挂在深蓝的夜空，大房子的屋檐下闪烁着暖黄色的灯光……

回响着安德烈 · 波切利天籁之声的托斯卡尼一直是我迷恋和向往的地方，充满我以想象勾勒的古朴、迷人、浪漫、深情。我很想跳进这画面中，与 Cris 一起徜徉在这温暖舒适的春天。

我默默保存着这些照片，也默默保存我的期待与向往。

正是这样的时刻，我在眼前的生活里失去了继续微笑的能力，生活的试错让我正在倾倒前半生未曾有过的泪水。在这黯然失色的心灵暗夜里，这些从无形空间里传递来的文字，如同火焰般点亮我心中的花火，持续温暖着我。

“我很想给你大大的拥抱，告诉你，不要担心，一切都将会好的，……但现在，我只能给予你充沛而丰裕的正能量，这些正向与积极的能量，它们如此奇妙，并且深具影响力……”

这些真挚炽热的文字，让我知道，即便远隔重洋，在这个世间，依然有人会无条件地给予你充沛的爱、信任、支持，即便你看似孤立无援，你依然会被看不见的祝福与祈祷庇佑，这种爱与庇佑将一次次引领你穿越生命中的暗夜。

在灵魂交织的另一个维度，总会有人，在为你祝福、为你祈祷。

“无论何时，无论正在面对什么，你都应该拥有继续微笑的能力。”想起 Cris 的话，我一遍遍告诉自己。

托斯卡尼的紫藤花

中国香格里拉 心安便是归处

人人心中都有一个香格里拉

从湿热的南方抵达 10 月的香格里拉，从三十度的高温转移至零下几度的异度空间，空间的置换与挪移，带来的是心绪大挪移。

一直喜欢飞机上升与落地的轰鸣声，空间的转移，总是提醒着新的遇见或是回归。

在传说里，香格里拉是一个隐藏在雪山中的神秘王国，这里的居民不执、不迷、无欲。在这欲望横流的人世间，那么多的川流不息，那么多一次又一次的离去与抵达，人们又何尝不是一遍遍地寻找和确认内心的净土。

走出机场，一头披肩长发的女生在出口等我，她是我预订民宿的女主人，是位北京人，接机是她附赠的服务。见到我，她立即帮忙拉上行李箱，带我跨过冰冷的停车场走进她温暖的小红车。

我对北京人的印象，依旧停留在十几年前的大学时代，邻校那位身高一米八六的北京男生，细腻、帅气、绅士，许多个周末他都给我送来大袋零食、水果或鲜花的惊喜，他给了我对北京人所有的美好憧憬。

多年过去，我们早已失去了联系，与他有关的最后一段记忆停留在北京冬日的一场晨间告别。人脑大抵是宇宙间最神秘的结构，总是有选择地储存讯息，譬如，这一场空幻般的温柔。

眼前这位北京姐姐，说话轻声细语的，跟我说叫她小丫姐就好。见到她，记忆就那样不由自主地翻涌到另一位北京人身上。

车窗外，一轮圆月远远地挂在空中，不到十几分钟，我们到了独克宗古城。这里地处青藏高原边缘，月亮也格外明澈。

车爬上一个高高的斜坡，小丫姐停下车，径直去推开面前的大铁门。进了院子刚停好车，两只白狗快速地跑过来争宠，一只黑猫安静地待在角落，院子的灯光下粉色格桑花和橙黄色的金盏菊开了半个院子，整个院子都弥漫着鲜花的清香。“春天播的种子，秋天就长了这么一大片，满满的成就感。”“你看呀，这里整片后山都是我们的。”她指着院子上方一片黑色的山林。

山居开了不久，这个藏式的院子，每个细节都是这位北理工硕士出身的小丫姐自己设计打磨的，在 Booking 上客人们给了山居 9.9 分的高分评价。“我看到好多外国人给的好评。”我说。“是的，全是真实评价，来的外国人比较多，相对硬件，大家更注重的是细节和服务。比如他们提出隔音不太好，我就把中间的房间空出来，宁愿少接一点单，也要保证品质；比如有德国的老人过来，我会给她把机票什么的全都订好。”小丫姐回我，带着被认可的自豪。

秋日的香格里拉山林

古城上空高悬着圆月

办理入住的小吧里，正中间的火塘正在燃烧着，整个空间，一片温热。不多久，来了对法国夫妇，带着两个小孩，也在办理入住。

连接 Wi-Fi 的时候，我发现一个熟悉的名字，原来，这是原本打算预订的另一家民宿，它也恰好就在隔壁，我曾在两家之间取舍了许久，原来它们就挨在一起。生命里，这样的巧合，似乎就是一些冥冥注定，是无论如何都无法割舍的吧，就如同一些逃不脱的缘分，千回百转，也会将你绕回来……

高原的九点钟还早，夕阳也不过是八点多钟才完全落山。我换上羽绒服，决定下楼去小镇走走。虽然不是第一次来藏区，海拔三千米的高反还是让我有醉酒微醺的感觉。走过山居门口的一段斜坡，古街上渐渐有了人影，再往前走，就是繁华的商业区。完全想象不到，独克宗古城曾经在几年前被大火洗劫一空，真的是，无论怎样的物是人非，凭着一颗重建的心，总能涅槃重生。

走到古街中心的一个小广场，这里一群藏族人还在跳锅庄。这是我第一次观看藏族人的“广场舞”，他们围成一个大圈手拉着手，他们的舞步是那样欢快，表情里全是沉醉和舒展。

这样围成一圈拉手跳舞，是藏族人独有的智慧吧！每一次的舞动似乎都在提醒，世界是个环环相扣的圆，人与人之间的生命都是这样紧密相系。我想，舞步里的那些轻松惬意，应该都是来自这样彼此手心紧握、坦诚相向的瞬间。

从街道上回来，我在院子里摘了几朵小花，有格桑花、油菜花、金盏菊。踩着木楼梯走上二楼准备回房的时候，隔壁法国夫妇的房门还开着，两个小孩在床上蹦蹦跳跳，笑嘻嘻地隔空跟我打招呼。

我用房间里的黑色小陶瓶插着这几朵小花，放到窗前的茶几上。

入睡时，明月映照着窗前的整片大地，城市的呼吸微微震颤着，那么远，那么近。

我的心里，铺满了月光的净澈。

在秋天的云里随遇而安

清晨醒来，拉开窗帘，阳光刚好照在昨夜新摘的花朵上，随意插着的花朵，在晨光里充满了生机，打开窗户，冷冽的空气袭来，一并唤醒沉睡了许久的意识。

下楼的时候，院子里都是忙碌的身影。小丫姐楼上楼下地跑着，她停下来跟我打招呼，给我介绍，说旁边扫地的是爸爸，晒衣服的是妈妈，两位都从北京来到这里给她帮忙，山居刚开不久，扫地、晒衣服、清理等等都尽量自己做。“也找人打扫，最后我都要自己清理检查一遍才放心。”她说着。院子里秋千旁边的那片格桑花和金盏菊在阳光下更加明媚，她养的那几只猫和狗都在院子里跑来跑去。

小丫姐拉上我，又指着另一边的篱笆门，说这里边妈妈还种了一些菜。她打开门，地里蔬菜的碧色嫩苗正在生长。我又觉得，这分明是她扎根此地的梦想与生活在生长，就像这些春天播撒下的格桑花、金盏菊，只要用心呵护，它们都会开花。

“最近天气可好了，每天都能看到彩虹，在香格里拉生

院子里摘的格桑花、油菜花、金盏花

古城上空的经幡

活，幸福度太高了。”她说。

“好啊，那我一会儿去周边走走。”

“走远了，也可以打电话让我去接你。”跟小丫姐讲话，就像是亲姐一般。

走出院子，望着碧空中净澈的云朵，香格里拉，真是适合秋天的时候来。“人在秋天的时候，就应该去有秋天的地方。”我想着，为生命里那些缺席的秋天打抱不平。江南生长的我，在岭南生活了那么久，能够见到这样真正的秋天，是件奢侈的事情。

在古城的长墙边，藏族人已经在拨动明黄的转经筒，艳丽的五彩经幡在空中飘荡，高原的风一遍遍翻阅着人们的祈愿。我随意走着，不看地图，不看方向，让一切随遇而安。

在这样松弛的行走中，所有的遇见都充满了启发。

草原上，狼毒草已经变成青红色，大片的映衬着碧色的天空；山林也被秋风染成了红黄相间的色彩；牦牛与羊群都在草甸或山坡上恣意行走；松鼠在丛林里蹦蹦跳跳地一跃而过；高原上叮叮当当的银铃声，写满秋日澈亮的诗意；古寺里燃着的那一片片烛火，跳动着生生不息的祈祷与希望……

这一天，我走了很远，重拾了秋天的美，每一个遇见，都是我想要的体验。直到真的“回不去了”我才告诉小丫姐，她开着那辆小红车迅速赶到我面前。她没把我直接带回去，而是继续跟我说：“带你去一个秘密的地方，这些没人知晓的地方才最美。”她直接将方向盘掉转向大道的另一端。

车在原始村庄与泥土小路之间前行，我们打开车窗，稀薄的冷风，吹着山林和原野，归程的羊群在乡道上腾起阵阵尘灰，周边的村落上空升起了袅袅炊烟。

“前面就是了。”她指着远方那条河流对岸的一大片草甸。

车开到河流的木板桥前，远远传来歌唱声，对岸一辆拖拉机开了过来，是车上的人们在歌唱！车后边站立着一位藏族姑娘和一位藏族小伙，还有司机，三位年轻人大声地唱着藏歌，他们的欢快，就像大自然里的风一般恣意，他们看见我们，笑容满面地跟我们招手。

看着他们这样的歌唱，我突然好感动，似乎好久，都没有这样肆无忌惮的欢乐。小丫姐说：“藏族人真的是一开心就唱歌、跳舞，就是喜欢他们天性里的这份乐天和纯粹，才坚持在香格里拉留了下来。”

夕阳渐落，歌声在拖拉机的突突声中愈来愈远，这片“隐秘之地”，山林环绕，此时也只有牛群在吃草，河岸边是大片已经收割的青稞地。

在这初秋的薄暮里，我的寂静，遍布溪流的欢唱和那动人的歌声。

一场日照金山的等待

曾经相约过一起看梅里雪山的人，终究没有来。

在时光与命运的洪流里，那些曾经过往的约定，有的埋进尘埃，有的埋进无常。生命向前，我们也只得，一面若无其事，一面向前迈进。

在飞来寺小镇，我住在旅馆顶层一间全景式落地窗房间里，对面就是梅里雪山海拔 6740 米的主峰卡瓦博格。

从独克宗古城过来，翻越重重大山，面包车颠簸了五小时才抵达这个悬崖顶端的小镇。我在这里一连住了四五天，每天都下一会儿小雨，山林间都是烟雾迷蒙，卡瓦博格始终被云雾环绕，连尖顶都没有显现过。

在藏族人的信仰里，卡瓦博格是圣洁的神山，是“雪山之神”。攀登史上，卡瓦博格也是至今都无法被登顶的圣山。旅人们相传的是，来到梅里能看到卡瓦博格日照金山的，都是属于幸运儿，是有“福报”的人。

人们来到飞来寺小镇，大都是为了一窥日照金山的盛况。住在雪山对面，一连几天，我连真容都未曾谋面，虽然带着期待，但也没有失望与沮丧。一个人，若是一直生活在期待或等待里，却不懂得享受当下，那是要错过多少美好。

这个时节的小镇没什么人，我尤其偏爱这样的清冷孤寂，云雾缭绕的山林，连同天台上猛烈翻飞的高原风，都是小镇赠我的生命礼赞……此时，我的心安顿在这深山里的一隅，这片小小的天地就是我的全世界。

一连几天，我都穿着徒步鞋在小镇的山林间任意行走。这里众山环绕，层林已经渐变成红黄色，飞来寺里的古佛、深山里的藏香厂、原始藏族村落、隐秘的山顶小树林……在每一个脚步的探索里，万物都如此明晰、可爱。

无论走在哪里，抬头都能望向卡瓦博格，这座山峰的顶端始终被云雾环绕，诡谲的光影，奔涌的流云，布满了神秘气息。有那么一些时刻，我就坐在房间的窗前静静地看流云翻涌，将所有心事都一一埋入云雾。

入夜，旅馆的店家准备着热气腾腾的野生菌火锅盛情款待。此时正是旅行淡季，整栋六层楼的房子里，没几位旅客入住。憨厚帅气的藏族老板鲁茸七林和他美丽的太太都没把我当外人，每天邀请我一起吃饭喝茶。这个山顶小镇的清冷静寂与热辣滚烫，都是那么深得我心。

10 月的初秋，在这里早晚都已经需要穿着厚厚的羽绒服。鲁茸七林说，再过一两个月大雪就会封山了，那时候，高山路面都是冰雪，所有的车都进不来。

我脑中勾勒着万籁俱寂的场景，等到那时候应该是说话都能听得到自己的回音吧，接着又想起了川端康成在《雪国》里描述的那些冰天雪地的场景，他在书里写着雪国的夜晚：

这是一幅严寒的夜景，仿佛可以听到整个冰封雪冻的地壳深处响起冰裂声。没有月亮。抬头仰望，满天星斗，多得令人难以置信。星辰闪闪竞耀，好像以虚幻的速度慢慢坠落下来。繁星移近眼前，把夜空越推越远，夜色也越来越深沉。

虽然这里是完全不一样的情境，但我心底是那么向往这样完全静默的雪天。我说很想雪天的时候再来看看这里，鲁茸七林笑着说："没什么意思啊，那时候就只有冷。"

……

在期待与安住的交织里，我晃荡在小镇清寒的宁静里。

"你多住一天吧！"我准备离开的那一天，鲁茸七林一再挽留我，"你明天再走，明天我送你，我刚好也要去香格里拉接客人……今天的天气比较好，明天看到日照金山的可能性非常大。"他是个很好的藏族大哥，开车载我去了一趟明永冰川，来回总共开了五六个小时的悬崖路，在明永冰川下等了我将近五个小时，他开着专跑西藏的越野，最后却也坚持只收面包车一样的价钱。

我回他："那好吧，再住一晚，都听你的。"

晚上睡觉前，抱着能看日照金山的念想，房间窗帘也没拉上。

清晨睁开眼的时候，窗外是银灰色的卡瓦博格，雪山尖顶完完全全地显露真颜。我即刻从床上起来，拉上外套，立马奔往窗前，那些萦绕许久的云雾终于完全撤场，整片雪山毫无遮拦，我心中全是惊喜和赞叹。

穿上羽绒服走到外面的天台，夜晚最末的余光渐渐褪去，晨光从山的另一端渐渐地升起。只见对面的天台上，楼下的观景台，街道的拐角，零零散散的人们都在等候金山。

卡瓦博格峰尖越来越白，越来越清晰，从东方照来的太阳光终于将白色的峰顶染成了浅黄色，太阳光不断涂抹加重浅黄的峰顶，最后尖顶完全地被染成了浓郁的金黄色。

接下来，一抹金色的流云飘过来，如同丝带般环绕在卡瓦博格的半空，它的周边也渐渐布满了霞光……

人生第一次，我用尽所有的专注去观赏一场日出，是想要将每一个变幻、每一丝光芒都刻进生命的虔诚。

卡瓦博格日照金山

我就这样静静地守着它所有细微的变幻。

直到金山又重回成了银山，我收拾好行李下楼，老板鲁茸七林刚好推开玻璃门从冷风里回来，“多亏你留了我一天啊！今天的日照金山好壮观！”我对他说。“嗯，今天天气可以啊！我刚刚从飞来寺上香回来，有日照金山的时候，我们藏族人都要去上香。”他也很庆幸将我留了下来，打开手机给我看他在那边观景台拍的照片，接着他又问，“行李收拾好了吗？我去楼上帮你拿下来。……但是今天没法送你了，哥哥的车在西藏出了问题，我马上就要开车过去，我给你找了另一辆车，一会儿就来接你。”他有点抱歉和遗憾地说。

看见他脸上的笑容、虔诚、遗憾，只觉得今天他送不送我其实一点也没关系。

在那一瞬间，突然反应过来，遇见日照金山，我以为的惊喜与幸运，其实来自那一句真挚诚恳的“你明天再走，明天我送你”。

我无法计算生命里有过多少错过，我庆幸的是，自己没有错过这样真情实意的挽留。这一程的圆满，弥足珍贵的部分，仅仅也只是这样单纯的挽留与不舍。

见山见海见自心

内心强大的人，并非内心没有恐惧，而是他们知道自己总能够穿越恐惧。

越野车奔驰在高山的绝壁之间，左侧是悬崖，一路没有任何防护栏，后视窗里，是腾起的阵阵尘灰。从飞来寺前往明永冰川的路，比我此前走过的任何一条路都要险峻，都要颠簸。

这是我此前并未曾预料到陡峭与颠簸，在旅行中，绝大多数时候，我都不喜欢去查阅详尽的攻略。总觉得人生也是，即便做好了所有铺垫与计划，一切的发展依旧是充满了无常，人来世间一场，活着就已经是一场冒险。

既然无法回头，就只好享受速度与激情。

接下来，是不停地拐弯旋转向下，看着司机大哥娴熟的车技和淡定的神情，我悬着的心一点点地放下。

抵达冰川售票点的时候，已经到了中午。雨开始下起来。买好票，我才知道刚才的路途仅仅只是心灵冒险的预热。工作人员提醒山脚到此地的最后一趟接驳车是五点钟，而上山下山全程就要四五个小时。我计算着，时间只够踩点上下山，意味着接下来才是真正的身心双重冒险。

穿上雨衣，我决定还是要往上爬。

一路向上，虽然都是沿着修建好的栈道，但这里整片都是原始森林，沿路也都没什么人。雨淅淅沥沥地下着，大颗雨珠不时从遮天的大树上滴落下来，小松鼠有时会冒出来在丛林里一闪而过，沿路的溪流猛烈地冲击着山道，周边所有都显得阴郁神秘。

用了两个小时上山，最后的几段栈道挂在悬崖边，几乎接近垂直的弧度，让人远远看着就已经心生畏惧，但只能没有退路地向前。而最后看见的冰川也并非想象中的样子，这时候并没有什么冰，灰色的大片利石勾勒着冰蚀地貌，千年的冰川，坚硬、雄壮，积蓄着雪山所有的能量。

远远望去，上方的云雾中就是神山卡瓦博格峰。

在雄壮的冰川面前，我最大的喜悦并非“会当凌绝顶，一览众山小”，令我感到欣喜的，是面对挑战却未曾放弃，我知道这样小小的冒险无法去跟任何其他壮举性的挑战比较，我只知道重点是这一刻在我自己的世界里，我踏过了一个又一个的新台阶，那样踏实地朝着目的地前进，并且一路也完全是我想要的感觉，就像是跨过一段难以逾越的人生历程。

我想起自己很喜欢的一部奥斯卡获奖纪录片《徒手攀岩》，这部影片讲述着一个真实的故事——攀岩手 Alex 徒手登上攀岩史上难度最高的酋长岩。经历常人难以想象的磨难与挑战之后，Alex 喜悦而淡定地说：“我感觉超级好，这才完全是我想要的体验，我认为重要的东西，我一点都没有妥协。”目标的完成，并不是想要去争取什么样的赞誉与成功，而是在这一程当中，一个人完完全全地是为自己的渴望而活，在抵达目的地的全程，没有浪费任何一秒的生命。

冰川面前，是为数不多的旅人，而人人都在为登顶而欢呼雀跃。

下山的时候，恰好赶上最后一趟接驳车。这趟冒险让我觉得很庆幸，来到明永冰川面前，这份千万年屹立的雄壮、锐利与坚硬，深深地滋养着我这一程的经历。

……

人们总是说最厉害的人都是雌雄同体的，山是雄性的代表，那么海应该是柔软的雌性代表，所以，想要历练心性，见识过锐利的冰川，还应该要去见海。

云南其实也有海，这里的湖，都被统称为海子。我曾经跟英国男生一起看过丽江拉市海的绝美日落，跟一位西安旅友骑着自行车从黄昏到深夜绕行了大理的洱海，这两个云南的“海”，都是我生命里难以抹掉的印记。在香格里拉，这里最有名的海叫作纳帕海。

从梅里回来的路上，我去了纳帕海。这个午后，我坐在藏族女人拉着的马上，她利索地用力抽着鞭子：“坐好了，掉下来我可负不了责任。”她这样生硬地说着，我一时不知道到底应该心疼马还是心疼这女人。我想，一定是这里凛冽的风与生活历练出她粗粝焦躁的性子，她本也应该是如纳帕海的水那样柔软。从湖畔不远处的山路上，穿过村庄，一路颠簇至湖岸，下了马，我也觉得一身轻松释然。

纳帕海下起雨来，海面上的光，澄澈透明，光线一丝一丝地从空中坠落到水平面，这片海似乎就像是一片琉璃境，在这样的瞬间，我多么希望，人的心，也可以是那样的澄澈明净。而红尘里，人心，始终更像是环绕着这片海的乌云，翻云滚墨，深不可测。

临走的时候，只见阳光下水稻田里的稻谷在恣意生长，车里的台湾同胞提醒说:“赶紧看，那边有彩虹！”车窗外，一弯浅浅的彩虹从湖面的一端延伸到另一端，我盯着窗外，不过几分钟就消逝在夕阳里，冷风吹来，草原上的一切也渐渐消逝在秋日的薄暮中。

见过了“山”，见过了“海”，心中，又重新生长起冰川的坚韧、湖水的澄澈，这股强大的能量，都足以抗衡人心叵测或是世事无常。

纳帕海的云和光

chapter

下篇

拥抱光

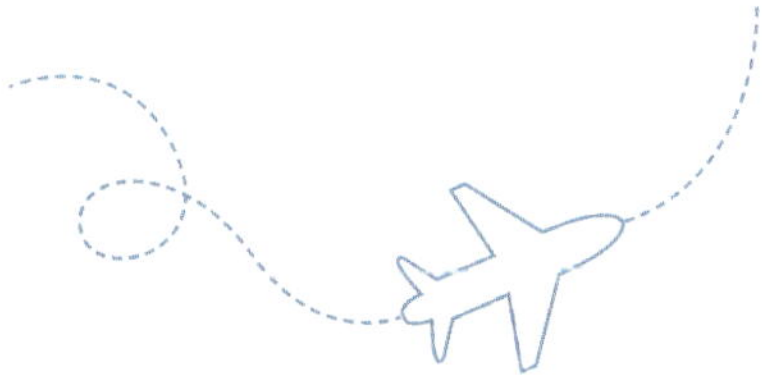

日本京都 抵至深处的温柔

带本经书去京都

正是3月中旬，从广州去往大阪关西机场的南航飞机上，机舱外的轰鸣声混合着天空翻滚的浓云，飞机在直线加速爬升，俯视着地面，房屋、车子、城市、道路、河流……一切渐渐变得如同蝼蚁，我们正在远离地面、远离岭南空气里熟知的潮湿闷热，我们更在脱离一切寻常的、既有的狭隘。

在与云端接轨的机舱里，切断网络与通信，切断一切世事，在这短暂的飞行途中，却会让人产生回到子宫的安全感。

我低下头，沉浸到面前这本连续读了四十多天的《金刚般若波罗蜜经》。

一个月以前，我来到同小区一位新结识的台湾花莲朋友家，当时，面朝他家的佛龛，他谈到自己的修行，突然建议我去读诵《金刚经》:“你去读吧，我在生意巨额亏损、生命最坎坷的时候，开始了念诵，读了三年，每天一遍，一共念了一千遍，从中汲取到巨大的力量，是这本经文带我走出了人生最难的困境。”

巧合的是，第二天一位女友从邻城来访，她正好给我带来一本从五台山请来的《金刚经》法本，并跟我谈到了台湾美学大师蒋勋先生念诵与抄写《金刚经》的修行。我相信这样的因缘，都是生命的恩典，当日就开启了自己的念诵历程，面对最初的艰涩难懂，依旧不可思议、日不间断地将这部五千字经文念诵了下来。

也许我们所谓的坚持，背后其实总有一股强大的因缘业力在支撑维系着。

这部经文奥义甚深，每一次的念诵，总会让人有不同的体悟，这次去京都远行，我也随身带着它，期待旅途中不一样的感悟。

在这飞向日本的飞机上，我打开法本，在机舱的方寸之间似乎更能与眼前的文字产生直接的链接："如是我闻，一时，佛在舍卫国祇树给孤独园，与大比丘众千二百五十人俱。尔时，世尊食时，着衣持钵，入舍卫大城乞食。于其城中，次第乞已，还至本处。饭食讫，收衣钵，洗足已，敷座而坐。……"默念着经文的第一段，五千年前古印度的佛陀时代栩栩如生地出现在眼前。

接下来一段，须菩提开始向佛陀提问："善男子、善女人，发阿耨多罗三藐三菩提心，应云何住，云何降伏其心？"他问的是，一个人如何去修炼正等正觉的菩提心。

佛陀用"应如是住，如是降伏其心"慢慢地为他解答。佛陀在与须菩提的对话中，徐徐阐释着生命的究竟智慧。

我想着，这样的缘起与发问，也可以用到这次的旅途，我跟姐姐即将寻访京都、高野山的各处艺术与佛法圣地，我们到底应该以什么样的心境去面对所有的遇见。

念完经文，如同往常，我将诵经功德回向一切众生，祈愿所有众生都能获取终极的解脱与快乐。这样的愿力，看起来是那么地广阔无边，但只要说出这样的愿力，每次我们就能跨越小我一步，朝人世大爱迈进一步。我坚持着，也信任着这样的祈愿。

我看向坐在我身边的姐姐，她也还在默念手中的《观世音菩萨普门品》，我靠近姐姐，她开始逐字逐句地为我讲述经文中观世音菩萨的慈悲。

飞机盘旋下落的时候，我们正好读完这部经文，窗外，是日本海的安宁净澈。

走出机舱，我遇到的第一位日本人，是位穿戴一丝不苟头发花白的海关检查官。我颇带谨慎地走上前，递出护照，他严谨的脸上瞬时绽开祥和的微笑，朝我点头并恭敬地用双手接住我的护照，仔细审查之后，又微笑着以双手递回。他的恭敬与细致扫退了我心中的陌生与谨慎，让我生起一种微妙的安心与舒适感。

继续往前是窗明几净的关西机场大厅，远远望见对面的电梯上，一位身材矮小穿着橙色衣服的清洁女工，手握着毛巾，弯腰低头将面前的扶手来来回回擦了一遍又一遍，她的每个动作了了分明、一丝不苟……整个机场大厅里的明净，似乎都回响着如此的投入与专注。

出了机场，已是午后，岛国的阳光干净明澈，海洋的凉风清冽明爽。

上了 JR 空港快线前往京都，列车先是在宽阔的海面上飞驰，很快便驶向海岸线上的平地，铁道两旁到处是蜿蜒挺拔的日本松，一路散落着低矮的青灰色屋舍，屋舍前都有着相似风格的庭院，即便列车飞逝而过，也能在这飞闪即逝中一窥这些庭院打理者们的用心与耐心。

在这片异国大地的穿行之中，飞机上刚刚读过的经文依旧存留在意念当中，心中全是明澈轻盈。

距离樱花季，还有两三个星期，赏花大军尚未到来，车厢里的旅客坐得稀稀落落的，窗外的光影一一掠过，旅客们都在各自的静默当中。列车座椅带有微热的温度，心想，多么贴心的设计，无论外界是否冰冷，你都可以感受到被关照

粉樱初绽的京都

的温暖。一旁的姐姐指着手中的计数器，轻声告诉我，她一路在持诵《绿度母心咒》，她又开始为我讲解度母的慈悲、愿力。飞机上，我们讨论着经文，在这飞驰向京都的列车里，我们依旧在探讨着慈悲与空性。

这一天，从广州到大阪到京都，时间与空间在念念之间迅速切换轮转，但一股莫名的慈悲与愿力却时刻充盈着我身边的磁场。如此说来，一个人，只要拥有专念，便会拥有深入当下的能力，当内心拥有了一份深层皈依，无论外界如何变幻，我们都能时刻与内外的世界同在。

抵至内心的柔软

从京都的地铁站出来，黄昏的光浅浅地笼罩着城市，周边没有高楼大厦林立，走向民宿，一路都是两三层楼高的房子，街道过分干净整洁，人群的装扮也是，有种恰到好处的平静与优雅，一簇簇橙黄色的郁金香正在街角盛放这个城市的细腻温柔。脑中忽然飘过紫式部《源氏物语》以及川端康成《古都》里的那些场景，这个千年古都到处都泛着一股纤细淡雅的温情。翻阅着地图走到分岔路口的时候，正在踌躇往哪边走，一位矮小驼背的老太太从巷子里徐徐地走过来，她发丝全白，布满皱纹的脸上涂着如同艺伎脸上那般白色厚脂粉，嘴唇也涂着艳丽的口红，她自顾地走着，带着一种不取悦任何人的自然和优雅。

我拿着地图指着旅馆的地址用英文问她往哪边走，她只是摇摇头，随后转头走进旁边的一间屋子，不一会儿，一位年轻男子跟着她走出来，男子走向我，他告诉了我方向。

终于找到提前一个多月预订的民宿"樊定寺"，这是间网络上小有名气的传统民宿，不知为什么要以"寺"来作为店名，似乎带着几分神秘的隐喻。它只有两层楼，门口小小的门廊里种着几株小树，上方蔓延着碧翠的爬山虎，正中门头上高挂着一幅翻腾着云朵的红色佛画，土橙色的镂花门帘掩映在门廊下茂盛的植物中，白色广告牌上用中英双语写着"宿　樊定寺"。

拨开门帘，穿着黑色西装的中年夫妇，鞠着躬笑意盈盈，男主人用熟练的英文，在门口的小吧台上给我们办理入住手续。店主夫妇的一举一动都那么谨慎礼貌，但又让人倍感亲切舒适。

吧台对面的墙面上，贴着一张由无数个点组成的艺术画，旁边附着一张简单的英文手写说明，文字用第一人称描述着这幅画是亲临 2011 年日本大地震的感受，简单平淡的笔触写着关于生命、关于死亡的思考，解释着画中的每一个点都代表着一个生命，最后写着“诸行无常”，我们应时时“活在当下”。看着这幅画，读到这些文字，我瞬间升起一股震颤感。我们如此来来往往，从一个国度跨越到另一个国度，从一个城市到另一个城市，每个人到最终也不过是这浩瀚宇宙空间里的一个小墨点。

我盯着这幅画和文字，静默着，来到京都，最先触及的，依旧是关于生死的终极议题。

男主人过来解释说这是他朋友的画作，接下来他帮忙搬起行李箱，领着我们往二楼的客房去。

在狭窄的木楼梯口，换上备好的室内拖鞋跟着主人轻声地走上去，整栋房子都是木质结构，布满岁月的历史感，但

步步皆景的京都

轻盈的洁白

每个细节又被打理得很仔细。我们的房间是临街的榻榻米房间，一扇轻薄的纸门隔开过道，空荡荡的房间里，夕阳的微光正从水纹状的琉璃窗穿透过来，朦胧地投射到浅栗色的墙面和棕色的榻榻米上。男主人打开侧面的柜门，告诉我们所有的被褥枕头都叠放在里面。他继续又仔细地介绍了旁边的厨房、洗手间以及楼下的淋浴间之后，再次鞠躬告别下楼。

这样小巧静雅的和式房屋，我多次在宫崎骏的动画片里以及其他日本影视剧里见到，当它真实地出现在我面前，有种穿越时空的错觉。这栋全木的民宿，处处都透露着古旧，以及独有的细腻温雅。楼梯小窗台的白色砂石上有透明小瓶子插的粉色小花束，洗手间里一尘不染，洗手用过的水被设计成循环利用冲洗马桶。整栋屋子只有四间客房，虽然价格堪比五星级酒店，但床褥依旧需要自己来铺整，就是有种在亲戚家借宿的感觉。

曾经看到台湾作家舒国治对京都的一段描述：“日本的墙面，即令是寒苦之家，亦极佳适，非西洋及中国可及。再加上它的榻榻米，既实又柔，亦吸音，坐在上面，人甚是笃定。在这样的房间里，喝茶、吃酒、挥毫、弹琴，甚而只是看电视，皆极舒服。”难怪，他会往来京都二十多次。

这个榻榻米房间也给了我相同的感受，只是静静地待着，就可以感受到心中的笃定，它空空的，除了佛龛，一览无余，它叫人瞬间静下来，只剩下与自心的沟通。

在这个屋子里，楼梯、卧室、洗手间、厨房、淋浴房，每个区域都放置着不同的拖鞋，每进一道门都要更换不同的鞋子，在一步步的穿脱之间，看似麻烦，却也都是自然舒缓的仪式感。纸门没有锁，也没有隔音效果，这里一切都是静静的，当夜，只听闻到隔壁台湾的小朋友跟妈妈去洗漱时的几句对话声，之后声音渐渐淡去、隐入黑暗。

第一夜的京都，就是这样的温柔无声。

清晨是自然醒的，这是极其安稳也无梦的一夜，在京都睡的这一夜，却好像回到了过往无忧无虑的年少时代，自从正式步入社会，能够拥有这样清清静静又无任何挂碍的日子就已经成为一种奢侈。宁静平淡是一种美德，可我们却总是置于喧嚣的轮转之中，忘记了自己其实是可以选择的。

阳光的丝线从窗帘的缝隙中漏到脸上，我睁着惺忪睡眼抱着被子坐起身来，起身拉开窗帘，晨光隔着琉璃窗映照进来，整个房间都浸入白日的朦胧与温柔。

下楼时，吧台前的男主人和女主人在晨光里笑意盈盈，一见到我们就微微鞠躬问好。女主人特地从一旁的柜子里取出三个包装好的小礼物送给我们，跟我们讲了半天。后来打开才明白是原来是锦织的香囊，我放进随身携带的包里，香囊里，装着京都独属的清香，也装着女主人浅浅的笑容和纯纯的善意。

行走京都禅寺，心如止水

“观自在菩萨，行深般若波罗蜜多时，照见五蕴皆空，度一切苦厄……”京都西郊的西芳寺经堂里，我盘腿坐在小桌前，用手中的毛笔一笔一画全心投入地抄写着繁体版的《般若波罗蜜多心经》。

经堂外，是岚山杉林郁郁葱葱的静寂，是阳春三月清风拂面的静寂。

西芳寺是我跟姐姐在京都朝圣的第一站，而抄写《心经》也是我们第一站的开端。西芳寺是京都一千多所寺院当中最难预约的寺院，据说是因为乔布斯过去经常在此打坐冥想的缘故，人气过旺。又有说是为了保护寺院的一百多种苔藓的缘故。最后我们是提前一个多月通过邮寄明信片的方式得到了预约凭证，在这个便捷快速的时代，西芳寺依旧采用这样古旧的预约方式，似乎是在提醒我们，无论时代如何变迁，我们都应该要慢下来，为自己的那份真情实意慢下来，为值得等待的东西预留出足够的时间与耐心。

我们按照预约的时间准时来到西芳寺，刚进入寺院，一位面目清秀的禅师带领着我们，穿过庭院，直接进入经堂抄写经文，这是西芳寺的游览规定，要先抄写完《心经》方可以自由参观寺院。

经堂里，坐着来自不同国家的拜访者，每个人都由此开始抄写，面前的经文有日文版的，也有繁体版的，每个人都拥有自己选择的版本，无论哪个版本，在这一刻，我能确信的是，在这个空间里，我们的静默以及敬畏都是相似的。

用了一个多小时，才抄写完经文，但我也知道，在这一个多小时里，自己的生命是那样深入地与当下相融，在这笔尖流淌过的时光里，我与手里的一笔一画，与经文里的万法皆空紧密相系。

抄完经文走出经堂，来到总本堂庭院前，细细欣赏刚才经过的樱花树，垂坠的枝丫，含苞欲放的花苞撑满了整棵树的生机，地上流线型的白沙与一旁高耸矗立的青松，时空的静默全被这些线条勾勒，樱花树上那些微闭的花苞里，正在竭尽全力守护着所有时间与生命的奥秘，等待着解密绽放的那一个瞬间。

看着这片神秘的静默，心中想着待到花开的时候，每一瓣淡粉色的轻盈都将映满庭院的天空，给所有途经的人带来无尽的感动。而在这一刻，我也谨守着自己的等待，珍惜着这一刻里的所有期盼……

即便如此，绚烂至极的樱花，花期也不过是短短的几天，想起刚刚抄写过的“照见五蕴皆空，度一切苦厄”，真的读到花开花落在这茫然虚空中的无常与空性，应该就不会再有因日出日落、花开花落而心念起起伏伏的多愁善感吧！可此时的我，依旧沉湎于美、沉湎于期待、沉湎于敏感多情。

走到下方的庭院，满园的翠色之下，是条条纤细的清流，这清澈的细流在碧色的苔藓间流淌，似乎也在吸附吞吐着世间所有的尘埃。

镰仓时代梦窗国师建造的西芳寺，院内的一百二十多种苔藓随着时光延绵三百年，一直未曾改变的，是苔藓上的时光流转与静默。

在步步皆寺院的京都，我最喜欢的两座寺院，恰巧都是由梦窗国师建立的，除了这第一日造访的西芳寺，另一间便是京都枯山水的翘首龙安寺。

龙安寺枯山水庭园门口，摆放着一排狂草体文字，是陶渊明的《饮酒》：

结庐在人境，而无车马喧。
问君何能尔？心远地自偏。

采菊东篱下，悠然见南山。

山气日夕佳，飞鸟相与还。

此中有真意，欲辨已忘言。

陶渊明是我的故乡诗人，自幼生长在匡庐之下的小镇，诗中的每一句都是我刻在骨子里的印记，在这远隔山海的京都，见到这首诗，有种一见如故的亲切感。

在入口处脱掉鞋子，赤足踩上温厚的原木地板，过了一扇门，便是梦窗国师精心缔造的枯山水园景：微雨中的庭园里，细腻的白色砂石划出一阵又一阵如同水波的涟漪，五组摆放其中的青石，如同岛屿，又如同远山，勾勒着一种辽远的空寂。

枯山水靠着一堵褐色的土墙，长墙外林立着樱花树与枫树，但此时的枝丫，依旧没有生长出花朵与绿叶，一切关于春天的浪漫都还在酝酿之中。

边上是各个国家来来往往的游人，大家都那么安静地坐在一边的回廊上，沉入自己独属的静默。这样褐色的土墙，让我想起深山小村庄里外婆的土房子，外婆的房子也正是这样的褐色，也是这样的简洁和朴素，我在那样的土褐色房子里，度过了童年的许多春夏秋冬，度过了许多闪亮而平静的时光。

在这样号称世界级的庭园景致里，我却一再地想起故乡，想起心底最柔软的时光。

国师梦窗疏石的枯山水，莫不是为了给芸芸众生的杂乱之心找寻心底最温柔的心安之境呢。在处处充满揣测与变化的世界，如此般砂石间的构建与默契是确定的，如此般的简明空灵纯澈静寂，也是确定的。

看着众人虔诚的眼神，也许，寻遍世界，我们需要的，也只是一个能够安放灵魂的寂静一隅。

面对着面前砂石的朴素与静谧，一席又一席流动的画面却也一再闪现，春日的粉樱飞舞，夏日的碧翠掩映，秋日的红枫相照，冬日的白雪纷纷……四季轮转，砂石永恒。

生存与幻灭，永恒与寂静，都纳进眼前这片简洁的砂石之中。在这直觉的观照里，心仿若也愈渐清明。“此中有真意，欲辨已忘言。”只有将心安放的当下，才能体会到其中的妙义所在吧。

我静静地坐着，沉入眼前的静寂，心里仿若有了深深的皈依，心中默念《心经》，一遍又一遍地深入“万法皆空”之境。

每到一间禅寺，我总是习惯性地在心间默念《心经》，也许是刚来到京都就抄写了《心经》的缘起。3 月底的音羽山清水寺，游人往来如织，但在半山上总本堂的观音像前，当我双手合十默念经文中的空性，仿若世界只剩下自己与面前神龛中的观音像，在这自有的静默里，我自顾地泪如雨下。

身边到处是穿着和服手拎小包身姿婀娜的日本女人们，她们轻声细语地讲话，细碎的步履过分优雅，让我想起千重子。

川端康成笔下的《古都》中，富家小姐千重子也是在清水舞台前向好友真一透露自己是个弃婴，她纠结这世上是否还有另一个自己，自己的生命到底是如何存在的。远隔着虚拟的时空，站在同一个清水舞台，一时想着，夕阳下的清水舞台鸟瞰半个京都城，却也装着那么多平凡人的脆弱与痛

正在修缮的清水舞台

清水寺本堂内的吊灯

龙安寺垂樱的绽放

西芳寺的禅房

楚，在纷杂的世界里，每个人本质上何尝又不是一座孤岛，是不是弃婴并没有太大关系。我们一直努力着，期盼着一份真正地懂得与怜惜，我们祈愿，与强大而平静的自我合一。

我悄悄抹去眼角的泪痕，若每一滴泪都是一份执着，那纷纷掉下的泪水里，藏着多少的执着与牵绊，那过往一世又一世的印记，都还在这样的泪水中纠缠吧。

生命之水源源不断，我知道，那些掉落的泪水远不足以冲刷掉我前世今生的所有执着，我将自己的祈愿默默诉说给清水寺的观音像。

半山上的清水寺周边，漫山都是含苞欲放的樱花树，再过两个星期就将迎来古都一年最美的时节。从清水寺离去的时候，冷风早已吹干脸上的泪痕，阳光冷冽而清透，眼前万物如同即将绽放的樱花一般轻盈。

北野天满宫　艺术市集上的乡愁

走在京都的街头，总会与美不期而遇，这里的美，总是带着古雅的气质，它是轻灵的、空寂的、东方的。

在这里，下水道的井盖上雕刻着精致的古典花纹，清清细流从路边流过；家家户户的庭院里，蜿蜒挺拔的日本松、若隐若现的红枫、探到墙外的粉色垂樱、俊秀挺拔的竹子……各式各样的商店里，都挂着古雅的门帘，零食水果蔬菜都能排列成艺术品；店铺橱窗里，樱花、油菜花、郁金香、雪柳、百合花……都在自然绽放，让人久久驻足。

当看到有集市的消息，更是满心期待。

京都第五日早晨，在旅行指南里，恰好读到这一天在民宿不远处的北野天满宫神社会举行一月一次的古董集市，即刻决定了前往。步行过去的路边，都摆满了碎花真丝手帕、布包、花瓶、衣服等日用小件和书画艺术品，我们一路停下来欣赏，也一路买过去。

一路向前，往来的人流越来越多，走到北野天满宫的周边，整条街已如同节庆般的热闹。

摆满小布包和饰品的地摊边上，一位身着深青色长袍的僧人正拿着话筒说着什么，他说的是日语，他在演讲更像是在讲一个故事，言语之间铿锵有力，眉目之间神采飞扬，一群大大小小的孩子围住他，我不知道僧人讲的是什么，只见孩子们听得好认真，眼里都是好奇。

待到行至北野天满宫神社前，到处已经是人满为患，这里的集市上到处都是各类字画古董艺术品，在买卖的喧嚣中，到处沸腾着热闹。

我们先来到“北野天满宫”，这个名字含着一股神秘与浪漫，天满宫，好像将宇宙藏于其中的感觉。这座建立于天历元年（947 年）的古老神社是为了纪念当时的著名学者菅原道真而设立的。菅原道真是平安时期引领汉文学巅峰的学者，在过世之后被尊为学术之神，北野天满宫也成为日本人祈求学业有成的圣地。

此时的北野天满宫园内正是和风拂面，一树树淡粉与米白的梅花正在盛放，这些梅花也是依据菅原道真的喜爱而种植的。梅花虽然不如樱花的轻盈，但梅树的蜿蜒挺拔拥有独特的古典清丽之美，这些花令得园子一派生机，充满了春天的新生气息。

往来的人群川流不息，院内处处皆人影，但一直念及

“北野天满宫”这几个字，我却在这喧嚣之中在头脑中自顾地勾勒着它清寂的时刻：那是冬雪下空无一人的神社，那时，漫天繁星映照，庭院殿堂四处无人……

我的思绪被音乐声打断，在一间朱红色的偏殿前，古老的能乐响起，两位身着白色上衣红色裙子梳着传统发饰的女子，正在舞动她们那长长的水袖，在她们柔婉的舞蹈中进行着某种祈祷的仪式。跪坐一旁的一家人身着黑色系的西式服装，满怀期盼地看着这两位女子的舞蹈与祈祷，他们似乎正在为两个年幼的孩子祈祷。众人围观着，似乎也为这份祈愿贡献一份自己的期许。我不确定，这样的仪式与祈祷是否能够与学术之神产生沟通，能否得到学术之神的回应，但能够确定的是，这份祈祷一定能够带来心安的笃定。

在这学术之神的殿堂里，我也与众人一同祈求学术与智慧，更在它周边集市上四处摆卖的字画艺术品当中，找到了精神栖息处。

如大学者菅原道真一般，古时日本的贵族学者，皆以汉学为荣。在这古董集市上，到处都是东方古典韵味的字画，虽然自有一份独特的日式禅意，但目之所见，全是唐风宋韵。

打开这些山水字画卷轴，内心盛装着的唐宋遗风和江南风骨全被拉开，俊挺清雅的兰花，疏影横斜的梅花，巍峨的溪旅山水，飘逸的柳下观音……古典诗词中读到的韵律，以及我那江南山水中的童年印记，皆写在面前的书画之上了。

既怀着邂逅的欣喜，又怀着淡淡的遗憾，这种古雅宁静的东方精神之美，在我们日益城市化的进程里不是早就渐行渐远了吗?

虽然奉行极简生活，完全影响不到我和姐姐一路走一路买下许多带着岁月痕迹的瓶瓶罐罐和书画作品，我们自己深知，我们痴迷的不过是那份浓郁的古典乡愁。

几位西方游客看见我们大袋小袋地拎着这一堆战利品，忍不住笑着友好地打趣道:“你们还可以继续买吗？”我以微笑点头回应，心里想着，你们怎么能够理解这份乡愁。

乘坐上出租车，再一回头看着熙熙攘攘的北野天满宫集市，猛然得到之前想要的解答，这集市上空经久流传的文学和艺术精神便是与学术之神沟通的介质吧。

街道上的人家

高野山　一步一修行

从大阪前往高野山，南海电铁高野线蜿蜒穿行在伊势半岛绵延的山林中。

穿过郁郁葱葱的松林之后，窗外不时出现惊喜，时而闪现一簇簇柔黄的菜花，时而又是一树树雪白的梨花，时而又是村舍院落里探出来的大片玫红樱花。

远处溪流沿着山脚汩汩流淌，春日的气息在山野里明目张胆地招摇。

电铁里旅人寥寥，干净空旷的车厢，愈发衬托了窗外春日的明净。我默诵完手里的《金刚经》，凝视着窗外不断移动的原野，晃动的影像连同时光随着车速迅速消逝，如同经文中读到的，一切如梦似幻。

沿途不时出现青瓦白墙的古典小村落，好似穿越到远古时代。在这样的时空里穿行，虚幻与真实相交，犹如深入一层梦境。

群山与村庄在眼前掠过的那些瞬间，想着宫崎骏的《龙猫》中，那个扎着羊角辫穿着连衣裙的小女孩儿小美应该就是在这样的原野当中，抱着玉米棒子，一边大喊着去找妈妈的吧。小龙猫也眨着狡黠的眼睛背着一袋栗子在这样的灌木林里穿行吧。这样的原野与山林，肯定藏着许多神秘的讯息。

电车终点站叫作“极乐桥”，这里的“极乐”二字带着鲜明的佛法印记，“桥”代表着连接，让人直接的联想是下了这趟电铁，便是“极乐”之境了吧。

到了极乐桥，便是高野山脚下了，再次换乘上山的电车，这列电车沿着近乎垂直的轨道爬向山顶，让我感觉好像乘坐的正是“龙猫”专列。在车厢里能够直接看到开车的司机，他的守护严谨专注，给人足够的安心。

就在这样极富象征性的升级仪式里抵至高野山了。

3 月底的高野山，山底与山顶有着鲜明的时节之差，空气寒冷好多度，山上的巴士在高耸入云的杉树林中穿行，显得阴郁而又苍茫。“人间四月芳菲尽，山寺桃花始盛开。”唐代诗人白居易就用这样的诗句表达庐山山上与山下时差之美，此时的高野山，莫不是如此，山下的樱花树已经含苞待放，山上的樱树却尚未冒芽。这里依旧一派冬末景象，亭台楼阁的角落边厚厚的残雪还没有消融，低矮的枫树还未长出嫩芽，到处是清冷甘洌的气息。

提到大诗人白居易，高野山的创建者空海法师正与大唐的白居易生于同一个时期，他是日本极具影响力且受人尊敬的宗教人物。一千二百年前空海法师前往大唐求学佛法，在长安跟随七祖惠果修习两年，归来日本后建立了高野山道场。空海法师将真言宗的修习之道带回日本，同时也带回了大唐的文化艺术精髓。

高野山是日本真言宗的总本山，被称为“日本的西藏”，在山顶坐落着一百二十多所寺院。整座高野山不但是佛法圣地，目光所至的每一寸都可谓东方园林与建筑艺术的集大成者，青瓦、白墙、素木、白沙、枫叶、青苔、山石等等元素，精巧地构建着朴素雅致，建筑与自然巧妙相融。

日本的文化艺术深受佛教影响，《铃木大拙说禅》一书里，铃木禅师说，日本的艺术强调直观：“只有心灵和生命本体原则共鸣的时候，也就是达到所谓‘无心’，即‘神秘’的心理状态时，才能把握艺术的精神。”整个高野山便仿若一座在“无心”状态里构筑的禅意空间。

在禅意空间里微步慢行，整个人也仿若变得“无心”了，此时心中“一念不生，无有挂碍”，这就是凡人也能体验到的“极乐”之境吧。

一路都是寺院、宿坊，宿坊是寺院里提供住宿的住所，人们可以在此抄经、冥想，体验短期的佛法修行。

我们的第一个目的地是金刚峰寺，高野山最具代表性的寺院。寺院正门口四面环绕着高高的杉树，两侧矗立的石牌上娟秀的字体写着“高野山真言宗　总本山金刚峰寺”，一条宽阔的台阶延伸至寺院大门，两旁的樱花树和枫树尚披着光秃的枝丫，依旧在长久的冬眠里积蓄能量，台阶尽头深褐色的院门掩映在四周的枝丫之间，有种朴拙的素净。

金刚峰寺原址是丰臣秀吉在 1593 年为纪念母亲而建的青严寺，到了明治时期青严寺才被改名为金刚峰寺，并被奉为真言宗总本山。这座寺院在低调、幽雅中自带一股贵气，建造者对龙图腾偏爱有加，一入大门，寺院正庭的门头正上方便雕刻着云海中仰天长啸的独龙。再往里走，正庭走道长廊边上的枯山水也叫蟠龙庭，这是日本最大的枯山水庭园，以白砂青石，构筑了大海里一对动态的蟠龙，细砂被精巧地划出海水的波纹状，波澜浩瀚之中全是细腻静谧。据说表现龙的一百四十块花岗岩来自空海大师的故乡四国，表现云海百川的白色砂石则出自京都。

冰冷的空气，浩瀚的石海蟠龙，细微的尘埃在空中飘浮，心跳声在回响，时间在此凝固。

蟠龙庭和正堂各个空间里的隔扇画交相辉映，有种动静结合的流动美。

我尤其喜爱这些隔扇画，它们不似二条城的华丽，也不如龙安寺的朴素，它们有着华丽与朴素兼具的平和淡雅。金刚峰寺内的这些隔扇画出自十六世纪江户时代名画家狩野探幽之手。在这些画中，展翅欲飞、闲庭信步的仙鹤群，蜿蜒曲折的云松，静默无声的雪柳，疏影横斜的梅花……俊逸流动、古朴幽雅，既有汉唐文化的精髓，又带着独特的日式风格，在四周明净纯粹的和式空间里，每一幅画都能将人引入一个不同的时空。

蟠龙庭枯山水

御影堂前的光

金刚峰寺上空的龙

高野山杉林

从正堂走出来前往经堂，在长廊的座椅上休息。一位中年女法师走过来，她身着黑色长袍，领口处镶嵌着暗雅金边，露出白色里衬，她脚下穿着白色的软袜，是那么地优雅，更特别的是，她的眉毛被精心修理过，嘴唇也涂着淡色口红，一身素净、庄严。

她朝我微笑，好似屋檐上空洒下来的暖阳，她用流利的英文问起我从哪里来，“这是你的先生吗？”她指着身边的朋友直率地问起来。“不，是我的好朋友，比我小十岁呢。”那一瞬，法师的观察力让我们俩一起笑了。

法师也谈自己，她说平日在大阪，每月会有一两次来高野山讲法。她的声音很轻，却有股深沉的宁静。

法师进去了经堂，我们也跟着进去，有僧人在一旁免费供应茶水点心，每个人都可以过去领到茶水和点心，我们盘腿坐在榻榻米上享用面前的茶点，心中全是平静与感恩。不多久，法师在讲台旁，对着直立的话筒开始讲法。讲堂里此时也只坐了一半的人，也有不少西方游客，虽然听不懂日语，大家都静静地坐着用自己全部的感知去体会言语中的宁静与智慧。我们离开时，刚刚坐我们边上那位四岁的金发小女孩跪趴在经堂正中央的红地毯上朝着法师行礼，只见她的双眸里闪耀着活泼聪慧的光。

离开金刚峰寺，走过一段长长的杉林，再经过一小段砂石路便到了空海法师宣扬佛法的根本道场“坛上伽蓝”。在这里，明红色的根本大塔前还留着深厚的白色积雪，一股清冷的幽静迎面袭来。

侧面是空海法师的居所御影堂，清透的阳光从天空上方斜穿而来，屋檐上那一排排金色莲花灯在光照下闪闪发光。我站在光里，身上的绛红长裙随风而动……

光芒万丈，万物宁寂。

时光逆流一千两百年，空海法师应该也是在这样的遍照金光之中静默沉思吧。这世间，有些思考在光中进行，再给人类带来新的光。

很显然，仅仅预留一日时间在高野山是不够明智的，我们走完主街天色已晚，还未来得及到空海法师最后长眠的奥之院就必须不舍地挥别。据说德川家康、丰臣秀吉、武田信玄、上杉谦信、织田信长、明智光秀、石田三成等占据日本半部史的名人，都安睡在高野山奥之院周边的墓地里，他们极尽可能地亲近空海法师，期待弥勒佛的接引。

接驳大巴开往下山的电车时，窗外已是暮色，青瓦白墙的建筑群在树木掩映的枝丫间往后退转，各个寺院大殿里温黄的灯火已经点亮，温暖着夜色，慰藉着人心。

这一日浮光掠影的高野山之行，犹如未曾画上的句号。

我知道，若心能安住在每一个当下，就不应有期待，然而内心依旧是那么的敏感柔软，在渐行渐远的别离里，我依然留存着长长的期许，如同信众们坚信的，弥勒佛将会在未来某日再度莅临，我亦坚信与这极乐之境定会再度重逢。

尼泊尔　穿越众神幻境

加德满都　真正的神，存于你的内在

我永远无法忘却第一次入境尼泊尔时的一路震撼。

从拉萨到樟木口岸，越野车奔驰在沟壑纵横的青藏高原南部，净澈的日光下，天地间唯有广袤与遒劲。

年轻的藏族司机扎西戴着墨镜，双手轻巧地握着方向盘专注前方。我身边，是几位一同前往尼泊尔的年轻背包客，男女恰好各半，大家来自各个不同的城市，将我们召集到一块儿的，是共同的愿力，更来自拉萨最具名气的青旅拼车海报。我们一路上谈论着对西藏的偏爱，对尼泊尔的认知与向往，最为共鸣的还是不羁与自由，有瞒着父母来的，有请了年假说来就来的，有干脆辞职洒脱地来的，更有来过藏地十几次还反复来的……

率性的笑语里，都是倔强的灵魂。

窗外移动的磅礴，不时将我们拉入各自的静默。

越野车持续在海拔四千米以上的高原前行，有时在平地匍匐前进，有时在悬崖间盘旋而上，天地辽阔，深褐色的大地与山丘原始如同火星一般。最初的时候，还能偶尔见到三三两两沿着公路磕长头的藏族人，或者是山坡边上的牦牛，到后来，除了车，在高原行走的，唯有猛烈的风。

12 月的风，带着渗入骨髓的寒冷，横扫大地，阳光直直地从空中坠落，为万物打上明光，不留一丝罅隙。

这是一片久远的世界，苍凉，沉寂，广博。

不知道过了多久，在忽睡忽醒之间，我被闯入视窗的雪山群震撼。整车人都拿出相机或手机不停地拍着。这是喜马拉雅雪山群，它们横亘在眼前，挡住所有去路般地排开来，绵延不见边际。银白色的雪山坚挺地耸立向天空，承载着大地的力量，链接着天空的轻灵。

车在无垠的原野上以不到四十码的低速缓慢地朝着雪山群挺进，在这样的宏阔里，只觉得我们的前行，在大自然面前，渺小如蝼蚁，如微尘。

可是，就算是这样的缓慢与渺小，我们最终依旧越过了喜马拉雅。

尼泊尔，就在这喜马拉雅群山的另一端。

越过这片雪山群之后，进入的是一望无际的平原，再继续就是盘旋往下的山路，我们深入的是一座山谷，粗壮的大树密布整个山谷，云雾绕在郁郁葱葱的森林之间，瀑布挂在峭壁，好似就是《阿凡达》里的那个异星世界。

在这里，我们面临的是愈加狭窄的弯道，车紧贴着半山间的岩壁前行，车窗右边就是万丈悬崖，许多路段连护栏都没有安装，有些路段的护栏有着明显被撞飞的痕迹，司机扎西轻巧地说着："前不久，一辆大巴就这样下去了，下面全是原始森林，完全没法找。"他还比画着坠落的手势，车里一片静默，大家很难接住他这个玩笑的梗。在这样的悬崖绝壁之间，我心里也只有一个念头，这一程，我已经看到了最好的风景，以后再也不从陆路前往尼泊尔了。

在数着分秒的沉默里，成功越过了这片异星球。

从拉萨启程之后的第二天黄昏，终于抵达樟木口岸。在这座小小的山城里，已经可以看见来来往往的尼泊尔大货车，峡谷对面就是尼泊尔，远远就能听闻到溪流不息的奔涌声。

司机扎西停下车，我们一车人拍了张合影，一同吃完晚餐就各自分头而去，在这样的聚散离合里，是一丝惋惜都不复存在的率性。

氧气十足的樟木口岸，绽放着一种混合多元的生命力，就像山谷底端的溪流和高山上远挂的那些瀑布，这种生命力，永不止息。

停留一夜之后，第二日一早跨过友谊桥，就进入了尼泊尔国境。

前往加德满都，满脸络腮胡子的尼泊尔司机开着他那辆不知哪个年代的越野晃悠在泥泞的山路上。从西藏干裂严寒的冬天，突然闯入这样阳光明媚的温润，有种感官炸裂的新鲜感。暖阳照耀着碧翠的山林，男男女女悠闲地走在乡村小道，孩子们穿着整齐的正装背着书包步行在路上，村口身着艳丽衣裙的女人们有的在洗衣服，有的在洗头发，小孩光着脚丫偎依在母亲身边，还有村民们在屋檐底下三三两两地聚在一块儿晒太阳……这是一幅失去了时间的画卷，一片岁月静好。

接下来，车一直在坎坷的山路上摇摇晃晃地前行，左侧山石，右侧是滚滚江流，全程无栏杆的泥土砂石混合小道。前排这位尼泊尔大哥，只顾专注开车，或许是他眼神里的淡定自若，又或者是窗外明媚的所有，直到这程路的末端，我才意识到，这是比樟木那段峡谷悬崖路更加险峻的路况。

就这样，一直在尼泊尔的山谷间颠簸着，前往加德满都。

一路我满怀抵达的向往，加德满都，在我无数遍的想象里，是庄严的宝塔，是谜一般的苦行僧，是鲜艳的沙丽，是清晨薄雾里扬起的神圣……在眺望广州塔的第三十三层写字楼里，刚入社会、时值单身的我就幻想着，这里是未来婚礼的理想之地。

颠簸到倦怠的夕阳时分，高地远处，谷地的平原之上，一大片的房屋林立，周边一层灰色的薄雾笼罩着，司机说这里就是加德满都了。

尼泊尔司机开着这辆老越野，一头扎进加德满都的漫天尘灰，在坑洼的城市道路上颠簸穿行。

我忽略了加德满都终究也是一座城市，我心中的圣洁跌落到了车水马龙的尘俗里。车窗外，全是破败穷困的缩影，摩托车与四轮小车一并前行，身上挂满菩提子的小贩在街头游走，衣衫褴褛的乞讨者们眼神里透露着麻木与饥渴，屋檐上空鸽群起起落落，街边神社的烛火与熙攘的人群相交融杂，电线团团地在低矮的空中盘旋交织……

面前的人间百态，都与我心中刻着的圣洁背道而驰，在我以为的神性背后，人人都不过是在努力地讨一分生活，除了贫穷，这里跟世上的其他城市相差无几。

杜巴广场清晨的鸽群

尼泊尔 12 月碧翠的山林

加德满都的晚餐

一脸满足的小兄妹

终于到了预订的旅馆，结算完之后，司机大哥给了最后一个憨厚的微笑，就开车转身离去。这样毫无牵挂、互不相欠的告别，像极了人生，一段又一段的出发与抵达，无数的相遇与别离，不过都是如此般的风轻云淡，在彼此的生命里，最终连一个印记都不会留下。

还不及回头去看，他的车已经在巷子里消失，在酒店安顿下来之后，我依然处在现实与想象的落差当中，久远的二十世纪六十年代，那么多的欧洲嬉皮士唱着 Kathmandu、Kathmandu（加德满都），聚集着来到此地，带着他们的不羁与叛逆，企图在此寻找他们心中的精神乐园。多年之后的我莽莽撞撞来到此地，又是在寻找什么？

夜色里，背包客聚集的泰米尔街区扑朔迷离，这里商铺林立，各个国家的人群熙熙攘攘，人们的眼神里，是寻找也是欲望，在这个众神之都，依旧存在人们寻找的精神乐园吗？

在街头的露天餐厅喝着香郁的玛莎拉茶，餐桌上的烛光摇曳，我问自己：此时，到底是什么让你来到这里？二十六岁的你又是在这里寻找什么呢？服务员偶尔过来问候需要什么，他眼里的细腻与平静，似乎在驱散街区的喧嚣。

加德满都不是我想象中的样子，可我依旧坚定地确信它有某种让我为之着迷的魅力。

天刚亮的时候，用清水洗过脸，妆也顾不上化，就急匆匆地走出去，想要探寻一下这座城市的神迹。城市上空，回旋着悠长的鸟叫声，我披着一头长长的栗色卷发，一脸素颜地走在泰米尔区古老的小巷。早早地，小贩们已经在逼仄的小巷里摆好了蔬菜、水果，路边长长的金盏花串已被整齐地摆好待售……人们都已开始认真仔细地经营着自己全新的一天。一路上那些小小的神社里，蜡烛又已经被点亮了，鲜花与祈祷也一同到来。

这个清晨，最先过来跟我讲话的是两个尼泊尔小孩，他们大方地笑着过来问好，一路跟前跟后，最后他们有点腼腆地问姐姐可以给我们买一支芬达吗？原来他们有自己的目的，我给了芬达，他们喝着芬达那满足的神情好像这就是全世界最好的馈赠，能够买到这样简单的快乐，我就觉得值得。

来到杜巴广场，清晨的阳光下，这里寥寥无人，繁复动人的纽瓦丽建筑与此刻的静默让人穿越回中世纪一般，地面和屋顶都被鸽群占据，我担心惊扰到它们，轻轻地走入其中，它们习惯了与人同在，似乎也意识不到人类的入侵。我静静地欣赏着它们在这些古驳的建筑上来来去去，当它们在忽然间扑打着翅膀从我身边一齐腾飞，我不由自主地张开手臂，似乎这种上扬的力量也在带着我腾飞，无限的恩典从我心中随之升起。

鸽群不是为我而舞动，却唤起我腾飞向上的力量。在众神之国，没有遇见神，我只看见从内心深处涌动的神性，它们在杜巴广场清晨的柔光里飞扬。

大概，我们都无法从外在寻找真正的神性。

我所期盼的神性，是这一路上刻在我心里的所有遇见，它们是喜马拉雅群山的非凡壮阔，是樟木口岸悬崖绝壁间的惊心动魄，是泰米尔市井尘俗里的人间烟火，是杜巴广场晨光下鸽群的轻舞飞扬，是加德满都人专注生活的平静喜乐……

真正的神，只存于内在，它与内心深处的灵魂时刻同在，一个人，只有内心足够净澈，才能看得见。

博卡拉　一切美好任由你享用

12 月的博卡拉，是那么地温柔。

晨光穿越喜马拉雅蒙蒙的雾气照到小城博卡拉，这时的温度与风，都那么迷人，远方银色的鱼尾峰在阳光下闪闪发光，蓝色的佩瓦湖，一片平静。

在酒店的顶层天台，吃完旅馆主人精心准备的西式早餐，我回房间换上徒步鞋下楼。这个湖畔小镇已经早早地苏醒，路边的咖啡馆、西餐厅都已经开始营业，早起的西方旅人们也已经在街头游荡，更特别的是，一头高大的水牛也参与这份清晨的随意慵懒，在大街上任意行走。

心中一片轻盈，我无法掩饰，对这个迷人小镇的喜爱。

这一天是去体验滑翔伞的日子，我走向旅行社准备前往滑翔伞营地，在博卡拉，整条街到处可见滑翔伞的广告，面朝费瓦湖，背靠安娜普尔纳山脉，温润的海洋季风气候，一年三百六十五天几乎天天都是好天气的博卡拉是全球滑翔爱好者的乐园。

我们前往的滑翔伞营地在萨朗科山，车开过去一路都是颠簸陡峭的盘山路，山林间不少地方都散落着屋舍，这山林里的人间烟火气，充满了原始神秘的感觉。车停在半山等待的时候，附近村子里一群十几岁的少年正在围观两位滑翔伞教练的训练。他们见到外来者的我，六七个人凑过来，看见我手里的相机，一会儿就要求说要跟我合影，我被他们这突如其来的热情击中，他们将我簇拥在正中间，仿若一位大明星一般。我好像从来没有见过他们这样纯澈明灿的笑容，这纯粹是只有雪白的喜马拉雅山才能酝酿出来的明澈。

拍过集体合影，这群少年还要逐一跟我单独合影，我第一次感受到被一群陌生人追捧的热情。看着他们眼里的光，我就知道，这并非因为我的特别，而是这片山林对外来者的热情与诚恳。

告别这群少年，就到了滑翔伞飞翔营地，营地就在高山顶上的一片坡地上，分配给我的是一位白肤卷发的高个子中年男教练。他走到我身边，并不说太多话，只是耐心帮我穿戴好装备、戴上头盔，再仔细检查每个细节，最后他在我身后系上与我连接的卡扣。全部准备到位，他在我身后，开始跟我说跑，我几乎是无意识地向前跑，早已没有任何担忧或是惧怕，他继续大声地跟我说:“跑！跑！快跑！”我快速冲向前方，身后的伞被风撑开，双脚在向前跑的瞬间在空中腾空而起，我们在无尽的悬崖上空飞了起来。

“你感觉怎么样，紧张吗？”

“好极了，不紧张。”

“你来自哪里？”

“斯洛文尼亚，欧洲一个很小的国家。你呢？”

“中国。”

“你想不想飞得再高一点？”

“好啊！”

我们在逐步远离刚才的那片山林，在风里，我们越飞越高，直到整片山湖都在脚底……

在某个瞬间，我突然意识到，整个身体都在与高空里的风和阳光亲密接触，我们所有的借力就只有头顶上的滑翔伞，我身后这位掌控所有的斯洛文尼亚教练，是我此时最大的慰藉，他给了我享受这一切美妙的自由。

远方，是银白壮阔的雪山群，脚底是浅蓝色的佩瓦湖，绵延的碧色群山，密密麻麻的城市、村庄……我们悬浮在空中，如同万物的主人。

> 有什么幸福能比得上这种恩赐
> 你天生就可以享受
> 仿佛你就是万物的主人
> 统治着充满生机的大地
> 和高远的天空
> 鲜花和青草在你脚下生长
> 一切美好的事物
> 都任由你享用
>
> ——斯宾塞《蝴蝶的命运》

我想起这样的一首诗，这一刻，我就像飞舞在雪山与碧湖之间的一只蝴蝶，整片天空与大地，都是我的庇护与归属。

这位斯洛文尼亚教练，他的呼吸与呵护，都那么清晰而深刻，是他让这一程的飞舞自然而又轻盈。最后，我们缓缓降落在佩瓦湖岸边的大草地上，教练帮我解下按扣，我们的冒险到此结束，告别时我们再留了几张合影，他轻轻搭着我右边的臂膀，动作里全是小心翼翼，充满体贴与关心。

从起飞到降落，我们全部的相遇与告别，也就只是这简单的一程。

我知道，我也不过是他无数次起起落落的客人中寻常的一位，只是，在这一程里，他让我感受着他付出时的全心全意，对我来讲，就已是非同寻常的体验。生命里，我们都是彼此的过客，所有区别只在于，在相遇的瞬间，我们是否用尽全部诚意与心力。

回程时，一路空旷的原野上，稻谷都已经收割，稻田里到处都堆着高高的草垛，分不清是秋天还是冬天，微凉的空气里，河流将原野映衬得那么明澈。一路上的农人、孩子

博卡拉少年的微笑

放学归途的孩子们

夕阳下的波光

沉醉于阳光、空气、大地

佩瓦湖畔的尼泊尔人

们，都会给人腼腆闪亮的微笑，这样的微笑，比阳光下的河流还要净澈。

最后快要临近小镇的时刻，遇见一群男女老少列队般地走着，他们吹奏着乐器，唱着歌，带着锅碗瓢盆，步子是那么地悠然自若，这周边的空气，全都已经被他们的快乐浸染。他们应该是野餐归来，幸福与满足，真的是无关贫富，远远地看着他们的欢乐，我的内心就溢满了相同的幸福，博卡拉人的乐天本性，真的是可以传染的。

太阳落山后的博卡拉，温度一降再降，冰凉的夜色中我裹上厚厚的羽绒服出了门，街边西餐厅里的篝火都已经燃起，酒吧也开始人头攒动。我独自在博卡拉铺满碎石的小路上走着，一些若即若离的心事在心间漂浮，被人叫住的时候，我才意识到已经远远地离开了小镇中心，是两位高中生模样的男孩子叫住了我："要不要来跟我们一起唱歌？"路边的小商铺前，灯光昏黄，他们坐在露天的广场上。

我停了下来，他们又特地进去屋里拿来一个小凳子给我，他们开始清唱一些尼泊尔歌，歌声涩涩的，而他们的吟唱又是那么地多情浪漫。我就这样静静地看他们给我的微笑，为我而来的吟唱……

我驻足在他们的歌唱里，也驻足在这一路遇见的爱与光里，那么多的微笑同时在涌向我。

我好庆幸，此时，站在人生分岔路口的我，会被这么多无条件的爱拥没。我想，无论我走向何方，身边都将会跟随着这样的爱与光，一想到这里，就觉得人生其实走向哪个方向都无所谓，只要你的心一直是敞开的。我跟自己说，就这样，千山万水，任意行去吧！

博德纳　佛眼看世界

再次来到尼泊尔，是距离上次六年之后的夏日，前往不丹在这里转机，特地预留了几天时间。

这一回，飞机从广州直抵加德满都，飞越喜马拉雅之后，即将落地时，俯视的城市一片烟雾蒙蒙，刚走出机场，就被 Taxi Taxi 的声音团团围住，身材瘦弱面色黝黑的司机们，语气中都是叫卖的压迫感。虽然我不喜欢这声音里的急切与焦虑，但我接受和允许这样的喧嚣与杂乱，如果能够理解这背后承载的可能正是一个家庭的生活之源，就能够体谅这样的急迫不安。

前往城市中心的路上，空气比上一次来的时候更加糟糕，即便出租车内车窗紧闭，灰尘依旧穿透缝隙在狭小的车内弥漫。路况也是，比之前更加破旧，大多都在剧烈的颠簸里前进。路边街巷里的电线也更加凌乱地卷在空中。街道边厚厚的尘灰里，这里的人们依旧坦然自若地买卖、行走、生活。

尼泊尔大地震过去三年，到处都还是未曾愈合的伤口，一切都还在重建当中。跟司机进行了一些简短的对话，但什么实质性的东西都没有触及。建筑可以修补，人心却很难，我担心一不小心触及这样的内伤，司机反倒是很关照他的乘客，对一路的颠簸和尘灰，充满了歉意。

黄昏时分的泰米尔区，街区依旧如同以前一般熙熙攘攘，上身袒露、扎着长辫的苦行僧在人群里缓缓行走，尼泊尔女人们的各种碎花艳色纱丽在人群里闪现，全身挂满工艺品或者菩提子的小贩随着人群流窜，周边的小店售卖着给游人的唐卡、佛像、菩提、艺术品，还有许多光线昏暗的日用品小店，里边售卖着鲜肉、干货、日用品……

穿过这片热闹的街区，再次来到杜巴广场，路边大大的横幅里还特地写着中国帮忙支援震后重建，我的心一阵微微颤动。

广场旁边的石头台阶上，我坐在尼泊尔人之间，想到六年前曾经还在这里寻找神迹的那个自己，时间无法穿越，而生命已经在穿越。

电影《奇异博士》里的男主，在加德满都的“卡玛泰姬”，不仅寻找到了重生，更是探寻到了多维空间的秘密。看着广场上起起落落的鸽群，人们的来来往往，我想，世界是如此地多元、多维度，在有限的视角里，我们的认知，对于世界的广袤与无垠确实过于浅显。

屋檐上的猴子们跳来跳去，广场上的鸽子时起时落，古老的建筑映照着千年的历史变迁，就在这样的时刻，我想起奇异博士在“卡玛泰姬”坠入多元时空的画面，现实里，是不是真的存在那样的一个点，能够让人打破所有框架里的认

包容万物的凝视

安住在寂静中的修行者

知？卡玛泰姬，在加德满都真的存在吗？

第二天来到的博德纳令我惊讶又震撼，这个全世界最大的圆佛塔，对我来说，就相当于奇异博士在加德满都寻找到的“卡玛泰姬”。在 90% 国民都信奉印度教的尼泊尔，博德纳是个极其特殊的存在，这里是佛教圣地，到处都充斥着浓厚的佛教氛围。

从大门走进去，好像坠入了加德满都之外的另一个世界。首先最引人注目的是白塔顶端四双巨大的佛眼，深邃的蓝眼睛从每个方向俯视整座城市，巨大的白色塔身，装载着“水、火、土、气、空”五大元素，在它的设计当中，底座代表着土，圆顶代表着水，四方塔代表着火，尖塔代表着气，华盖代表空，尖塔上的十三层台阶代表了人类通往涅槃的十三个阶段。

到处都可以见到身着绛红色长袍的僧人，无论是藏族人还是尼泊尔人或是其他肤色的人种，人们在此沿着佛塔顺时针行走转塔，如同西藏八廓街的场景，人们大多左手握着佛珠或摇着转经筒，口中念诵祈祷文，右手拨动佛塔四周的金色转经筒。

我在此一遍又一遍地围着巨塔行走，在这样的祈祷当中，我不知道能不能寻找到自心的那个多元宇宙时空。

每次路过佛塔广场一角，总能见到一位身着橙黄色长袍的僧人，他光着脚，面色笃定，单手举着一个大大的银钵，凝视前方。在僧人身边，鸽群起落，人来人往，他一直持守在这个状态当中，任凭一批又一批的行人驻足围观，任凭一次又一次的镜头聚焦，他都身处自己的静寂里，纹丝不动。

安住在自我时空中的人，是不会被任何外在扰乱的，他的寂静给了我强烈的讯息，这样的安住与寂静，是需要经历常人难以触及的严苛训练与践行方可抵达。

每一重的所谓“多元时空”，都是心念的变幻与驯服，最后需要训练的，依旧都还是自己的那颗心。

一连几天我都不再去其他地方，只来博德纳，转塔、转寺院、冥想……每一天，都能遇见那位苦行的僧人，他都沉浸在自己深邃的寂静里，保持同一个动作、同一个微笑，我想，他完全在自我的专注当中，又或是，他的意念里，连“我”都不复存在。

最后离去的那个夜晚，天空已是深蓝色，夜风吹得温柔又寂静，佛塔边有人燃起了一大盘的烛火，烛光在暗夜里跳动，犹如一颗又一颗心脏的跳动。佛塔顶端，蓝色的佛眼在深蓝色的天空下，愈加深沉，俯视着整座城市的动态，不分国界不分信仰，无限地包容着每一个竭尽全力生活的众生。

我所寻找的，重重叠叠的无量多元之境，既在佛眼的无边凝视里，也在每一个火花的闪耀里，更在自心的律动里。

蓝毗尼　唯有心性无坚不摧

从加德满都去蓝毗尼，三百六十公里的路，司机居然开了将近十一个小时，这一路，陡峭无护栏的山路十八弯再加几乎弯弯都在堵车，精悍的尼泊尔司机一路没有任何脾气与抱怨，始终平静、充满耐心。尼泊尔司机们真是令人折服的人群，无论是在悬崖还是狭窄摇晃的高架桥上会车，将车开到彪悍的他们总是可以一脸风轻云淡。

我们去朝圣的蓝毗尼，是佛教创始人释迦牟尼的诞生地，四大佛法圣地之一。讲到释迦牟尼佛（佛陀），人们的印象总是寺院里那些金碧辉煌的佛像，也总是将其设定为神一般的存在，并没有意识到，他其实也是一个有血有肉的人类。

佛陀的本名叫作悉达多，他生于二千五百年前，是迦毗罗卫国的王子，蓝毗尼以其存在提醒凡尘大众，佛陀也是拥有肉身的人类，他并非高高在上的神，他通过自己严苛的训练，寻找到了一条道，这条道可以解决人类的许多终极问题。他以自己的亲身示范，告诉大家，只要依循法理，行走正道，每个人都可以寻找到这样的一条路。

在一路的颠簸里，我也还在拿着一个看似幼稚的问题，请教身边的僧人朋友，如何去除对一个人念念不忘的执念。他跟我讲述身体的观想法，也就是观想身体的每一个结构与元素，最后观想万物的空性。我觉得这样理解不错，但又觉得难度太高，我们始终是有情感有温度的人类啊！

我自认境界不够，这些年，一直努力学习从红尘俗世里抽离，一边依旧在爱恨情仇里沉迷。

临近蓝毗尼，车开始加速，在无边际的碧翠平原之间无阻挡地穿越。印度边界近在咫尺，路上女人们穿着艳色的纱丽头上顶着大大的箩筐，男人穿着白色的纱衣骑着摩托车，印度风味愈渐浓厚。

抵达蓝毗尼时，最后的夕阳远远地挂在原野之上。这里是个小小的集市，每当有车路过，集市的泥土路上空就腾起一层灰尘，路边一些零售摊还在摆着，商店里的日用品也盖上了一层薄灰，光脚的孩子们在旁边玩耍，归家的农人在路边缓缓行走。我有那么一个瞬间的恍惚，好像回到了童年的乡村小镇。

始终很难与佛陀的诞生地联系起来，“河岸对面不远处就是蓝毗尼园。”司机指着河岸对面的方向告诉我们。在附近的旅馆入住之后，虽然奔波一整天，跟友人依旧迫不及待地，走向司机之前指着的方向，没有指示牌，没有路灯，在夜的暗影里，路边散发出醉人的花香，是那么地浓郁，让人感到好似一场幻境。继续往前走一小段路，经过一间小小的寺院，从围墙外看过去，大殿前的灯亮着，只见到三两人影，再往前，周边有池塘与水稻田，晚风吹过水稻的清新。我们就这样一直走着，谈论着佛陀与他阐述的法理，在温婉的晚风中，心中全是平静……

这一夜，三十多度的夏日高温里，我们所住的旅馆整个晚上都在断断续续地停电，空调、电风扇不时歇业，还有蚊子在肆虐，就这样反反复复地折腾了一整夜无法安睡。

果然，这是蓝毗尼，一边是圣洁的心灵圣地，一边是贫瘠的人间凡尘。

第二天一早，直奔蓝毗尼园的寺庙群，在摩耶夫人祠外，一路都是乞讨的男女老少，他们跟着行人乞讨，口中反复念着南无阿弥陀佛，眼里布满苦难的光。我感到一阵悲哀：为什么，亲近圣地的他们依旧找不到自己内心的光？

脱了鞋子进入摩耶夫人祠，炎热的太阳将地面炙烤到滚烫，隔着袜子依旧感觉到脚底发烫。这里与书影里阐述蓝毗尼园的浪漫相去甚远，但水池边白色的主建筑依旧美丽动人，前来朝圣的信徒络绎不绝，里边处处都是佛陀初生时的影子，他的雕像、他行走过的脚印。

踩着佛陀最初走过的路，不得不让人思考他这一生。从蓝毗尼园里出生的悉达多王子，享尽人间所有荣华富贵，最后依旧是决心放下一切，为真理献上一生。他寻找到的法理，开花结果，枝繁叶茂，千百年来都在填补人类世代贫瘠的精神世界。一行禅师的《佛陀传》里讲到，佛陀在最后的涅槃时，依旧在叮嘱世人，要去找到内心最深的皈依："一切法无常，如果有生，必然有死。你们要精进修行，以证得解脱！"

一个人，究竟应该怎样去过好这一生？

繁盛粗壮的菩提树下，阵阵微风吹过来，带来难以言述的平静。

在僧人的带领下，我跟友人们在这菩提树下的绿荫里读诵了《普贤行愿品》。在读诵这些经文的时候，我的泪水总是止不住滴落，我们平日的思维是那么狭隘，总是被世事掩埋，根本难以去意识到经文里描述的这些重重叠叠的无量世界。一个人，只有具有了无量无边的眼界，思想才不会被限制，才会对这人世心生真正的慈悲与智慧。

蓝毗尼园里的河流

眼神清澈的尼泊尔少女

菩提树下的经幡

风拂过菩提树上挂着的满树经幡，菩提树前普施卡里尼圣池里的水也被吹起了涟漪，即便是四十度的高温里，我心中依旧盛满了清凉，“犹如莲华不著水，亦如日月不住空”，一如经文所述。

菩提树下，一位身着黄色衲衣盘腿而坐的尼泊尔老僧人，他招手让我走到他跟前。我有些不知其意，但还是走了过去。很快，他开始念诵我听不懂的经文，同时还在我的左手腕上绕上一条白绳，最后在我的眉心点上朱红的蒂卡。做完这些祈祷之后，我双手合十表示感谢，他亦没有他求。是的，我们总应该去相信，世上总还是存在着这样一些简单纯粹的善意。

出了摩耶夫人祠，红色的长墙边，两位黝黑的蓝毗尼小哥，整个脖子都挂满了一圈圈的菩提子，他们一直跟着向我们推销菩提子:“我们的菩提子是整个尼泊尔最好的。”友人问能不能多拿一些给我们选，他们说:“好，我们现在回去拿，一会儿就送到你们旅馆。”

回到旅馆，收拾完东西，一直没见到这两位卖菩提子的小哥。吃完午饭，准备离去的时候，才发现旅馆的院子外边，那两位蓝毗尼人就在公路旁的树荫底下，坐在摩托车背上等着我们:“你们等了多久啊？”我歉意地问。“应该有两个小时吧！”“为什么不进去旅馆里边找我们啊？”“这个旅馆老板人不好，我们不会进去。”其中一位神色慎重地说着。他们的坚持有他们的道理，这个旅馆老板给我们的房间，根本就与预订网站上图文不符，确实不厚道，这两位蓝毗尼人有自己的原则。

透过车窗，我们都买了一些他的菩提子，我选了他手上油光发亮的那一串，他在手上擦了擦，说:“你看，这个是已经盘过的，这个金刚菩提很好。”这位小哥继续解释说，“佛陀成道的时候用的就是金刚菩提，象征着无坚不摧。”

正好这几年也一直在读《金刚经》，我所知道的是，只有心性的无坚不摧，才是真正的无坚不摧。

不丹 一场关于幸福的遇见

帕罗 世间最后的桃花源

越过五座八千米以上壮观的喜马拉雅雪山群之后，不丹皇家航空班机盘旋降落在帕罗机场。虽然是不丹王国唯一的国际机场，但它却只有一条跑道，这里地处帕罗山谷，山峰环抱、地势险要，是世界上最考验飞行技术的机场之一。

走出机舱，空旷的广场上挂着不丹现任国王吉格梅、王后佩玛以及小王子的巨幅照片，一路走过来，没有任何其他商业广告。不丹号称“世界上最幸福的国度”，在全球各个国家都在追求生产总值的时候，这个国家独树一帜，他们以“国民幸福总值”作为衡量社会进步的标准，帅气的国王与美丽的平民王后佩玛多年前一见钟情的爱情故事广为传颂，这幅照片似乎也正在为这个国家的国民幸福值代言。

四个多小时前，我还在出租车里穿越加德满都城区的漫天灰尘，此时，6月初的帕罗山谷葱葱郁郁，午后的微风与阳光清新袭人，气温二十五度，舒适迷醉。

走出机场的时候，一位男子向我走过来，直觉告诉我这位微胖的中年男子就是我们的向导长寿，他直接跟我打招呼，我的判断没有失误，果然是他。

“长寿”是这位三十四岁不丹男子的中文名，他说取自“长寿佛”，经朋友推荐，我跟长寿在微信上已经“认识”了将近两个月。出于对本国自然文化的保护，不丹对外仅开放定制式旅行，跟长寿确定行程、汇款，来自对他本人纯粹的信任，也来自对这个国家无条件的信任。

长寿穿着不丹传统服饰，一套米色格子长袍“帼”，下身是黑色及膝长袜和黑皮鞋。他介绍身边是司机桑杰，桑杰看起来应该有五十多岁，留着平头，从上到下一身黑色，桑杰一脸平静的样子，是位司机却有股贵气优雅的范儿。

长寿和桑杰给我和友人们献上白色哈达，然后领我们走向一辆白色丰田商务车，这辆车里外都被打理得异常明净，桑杰启动引擎，前往首都廷布。

车里的音响一路循环着轻柔的女声吟唱，我知道这是佛教大师莲花生大师的心咒。不丹与莲花生大师拥有深远的渊源，传闻公元 747 年，佛教史上最伟大的成就者莲花生大师从印度来到了不丹，他周游不丹，降服众多妖魔。不丹人世世代代深信，是莲花生大师给不丹带来了真正的安宁，不丹是被莲花生大师长久庇佑的国度。

前往廷布，车一路都在山谷间穿行，到处是郁郁葱葱的森林。不丹是喜马拉雅山南麓的山国，国家以立法规定这个国家的国土必须永久被 60% 的森林覆盖。

桑杰在一片田野前停下车，天空的蓝里面带着些许山间云雾的清透朦胧，夕阳的光线轻柔地洒落在梯田的水稻嫩苗上，这些水稻苗刚种下不久，正在生长，有种沁人心脾的碧翠。

迷人的六月帕罗

身着旗拉的不丹少女

旁边偶有村民往来，他们都穿着传统服装，男人身着的是“帼”、女人的长裙则叫作“旗拉”，神情里都带着一股自然的气定神闲。孩子们这时候也正好放学，个个衣服都是笔挺挺的，笑容腼腆地看向我们，他们眼神里有一种难以言喻的纯澈，如同山林的清明。路边的公交站旁有个小小的集市，一堆堆新鲜的辣椒、茄子、土豆、青菜、桃子、李子……都直接摊放在地面上，两条黄毛小狗在摊前自在地来来去去。

我们在其中一个阿姨的小摊前买了几斤桃子，长寿和桑杰拎着这两袋桃子，指着对面的溪流，说我们过去那边，他俩在溪流边蹲下身子，卷起帼的裙角，仔细地一个个洗了起来，一会儿他们走过来将桃子递给我们：“这里的河水很干净，吃吧，是可以直接吃的。”

溪水清澈见底，缓缓向前，河床上到处是被流水冲刷洁净的白色鹅卵石，这一刻的阳光、空气、水，是我从未见过的轻灵，仰头沐浴着这里的光，好温柔……

远远的山头上，是一些看起来很古老的石头房子，长寿说，那些房子已经拥有三百年历史，直到今天依旧住着人，不丹有很多这样的老房子。在夕阳里，它们似乎要矗立到永恒一般。

如果世上真有什么世外桃源，我此时所经历的，大约就是世外桃源的样子。“阡陌交通，鸡犬相闻。黄发垂髫，怡然自乐。”“不知有汉，无论魏晋”……这些从我身边擦肩而过的不丹人，他们眼神里的宁静，举止中的自在，就是这个“幸福国度”最好的诠释。

面前的这一切并非有什么特别之处，只是简单澄明，让人穿越所有浮华，与万物同在。

廷布　最柔软的遇见

世界上大概罕有如此悠闲的首都，在廷布最繁华的街道上，每栋房屋几乎都不到七层以上，街上很少往来的车辆，十字路口也没有交通信号灯，只有警察在手动指挥，街上的男人们和女人们慢悠悠地走着或者缓缓地骑着自行车，他们不急不慢地活在自己的生命节奏里。

“我们大都是半年工作，半年休息，平时晚上临时朋友有约的话，我们随时都会出去，不会像你们说好忙啊，没时间啊，我们没有什么忙的概念……”长寿得意地阐述自己作为不丹人的松弛感，“我们有时候在路上也会遇见国王，国王也会不时在路上骑自行车。”他继续讲述国王的亲和，进一步印证这个国家的自在。

不丹人的安定与自在，绝大部分来自全民皆佛教徒的信仰。信仰与不丹人的生活密不可分，塑造着他们种种的日常形态。

“那是南开宁波仁波切的车，他回来廷布了吗？”经过一段低矮的围墙外围，长寿面露惊讶的神情：“他是我们的国师，国王见到他也会行礼，你们想不想见他？”

长寿多方沟通之后，得知仁波切正在市郊山间一户人家，我们立即改变了接下来的行程，桑杰将车调转方向即刻前往仁波切所在的地方。

“仁波切平时在布姆唐，很少回到廷布，这次他要去澳大利亚，刚好路过廷布。当导游十一年，这是我第二次带客

廷布幸福度

人遇到南开宁波仁波切。”长寿很高兴为我们争取到这样的机会。

我们的车爬上廷布郊区蜿蜒的山间小道，阳光透过树林的罅隙洒落下来，路边的枝丫不时划到车窗，整片森林密布着各种树木，空旷里只有鸟鸣声。

穿越这片山林之后，空旷的半山上出现一栋房屋，长长的白色围墙辟出它在山林间独属的空间，围墙上缠绕着成片的野蔷薇，这些花朵，是一串串娇柔的嫩粉色，花瓣中间细密的黄色花蕊，散发着夏日新生的清香。

走进这个大宅，楼梯前已经排满了男女老少，队伍是从二楼排下来的，人们静静地等待着，脸上都是山林一般的平静，这么多人在等着，能看出仁波切的秘行也无法阻挡人们的热情。

没有见到房子的主人，长寿说主人让我们在客厅沙发上等候。过了一会儿，一位看似是保姆的女人送来茶水和点心，她很安静，微笑着放下茶点就离开。空荡荡的客厅里只有我和友人，这是间充满艺术感的客厅，佛像、挂画、艺术品随处可见，古典与现代的氛围在整个空间交织。我们小声交谈，持守在这份静默当中。

大约过了半小时，长寿过来招手说可以上楼了，楼梯左手边的房间门口，我们脱掉鞋子，轻轻地走进去。

这是一间佛堂，正对门口的佛龛里摆放着各种佛像，南开宁波仁波切盘腿坐在靠窗的木质法椅上，面前的桌子上摆着一大簇红白相间的百合花，房间里充满了庄严的氛围，仁波切身后的浅灰窗帘全被拉上，房间地上，几位侍者和宾客盘腿而坐，空气里全是静默，以及，一股莫名的轻盈。

仁波切穿着明黄色的法衣，披着绛红外套，他面色温和，目光犀利，充满了力量感。

我跟友人将带来的哈达献给了他，但他随后又回赠给我们。我们在房间左侧靠墙的地上盘腿坐了下来，通过翻译，南开宁波仁波切对我们进行了一些简短的问候，长寿告诉我们他将要为我们念诵一些经文。

很快，仁波切开始了一段长久的梵语唱诵，充满力量的法音让周边瞬间陷入更加深邃的静穆。我不知道具体的含义，但随着他富有韵律的唱诵，我似乎在穿越到一个古老久远的境地，身边的时空仿若消失一般，只剩下耳边清晰的声音。

一股浓烈的温暖从心间升起，我的泪水又纷纷而下，为这一瞬中饱含的丰富多元以及无量无边。

……

走出这栋大房子的时候，庭院里，草色碧翠，路边的小雏菊微微泛着光，夕阳的光线从天边一丝丝织下来一般，柔软清透。

6 月的微风迎面拂来，我只感到万物明晰，全身轻盈。

在廷布的几天时间里，在各种艺术、宗教、文化中心游历，这段计划之外的遇见，却是此程最柔软的会见。

切米拉康　寂静洒满菩提叶

由首都廷布前往不丹中部的车上，我一直在断断续续地阅读宗萨蒋扬钦哲仁波切的《朝圣　到印度圣地做什么》，虽然书中写的并非不丹，但我依旧能够从中领略到许多指引，这位出生于不丹的仁波切所写的书，我基本全部研读三遍以上，我对佛法与智慧的许多见地都来自他的阐述。

不丹仅有一条横贯东部与西部的公路，我们沿着这条公路一直向东，穿梭于 6 月云雾碧翠的山林之间。这时是不丹的雨季，也是旅行的淡季，山地高国的雨，一阵一阵地飘过，天空忽明忽暗，充满了变幻。

这些天，车里依旧不变地循环着女声唱诵的莲师心咒，仿佛已经成为此程背景音一般，桑杰和长寿坐在前排有时会很小声地聊天，他们讲的是不丹当地的宗喀语，不知道在谈论什么，他们讲出来的话语，细腻温柔，坐在后排，听他们聊天，总是有种安心的感觉。

翻越拥有一百零八座佛塔的多曲拉山口，我在佛塔旁边的灯房里点亮了自己独属的那一盏灯，原始杉树林环绕的一百零八世界和平塔是不丹王太后多杰 · 旺姆 · 旺楚克为祈祷世界和平而建，在这充满光亮的热流里，有我贡献的一份，这是对整个世界善美的祈愿。

经过层叠的丘陵地带，抵至梅钦那。我们下榻的酒店名叫 Vara Hotel，帅气的男老板在门口笑容可掬地欢迎我们，不丹人的礼貌里总有一种自然自在。这座山野之间的独栋酒店很特别，在酒店的走廊、房间到处可见阳具艺术品，地下室更是藏有一间艺术品展示厅，展示不丹古老的佛像、唐卡、服饰等艺术品，充满浓郁的地域神秘感。

这奇特的地域文化气息，源自附近一间充满传说的寺院。

这间寺院名叫切米拉康，建于 1499 年，是为了纪念不丹历史上著名的圣僧竹巴衮列，据传这位生于十五世纪的圣人曾用“大神通霹雳”降伏附近多楚拉山口的魔女，旅行指南《孤独星球》上写着:“他的放浪形骸、激进行为和性嗜头是促使人们放弃成见的另类方式。”

在敬天畏神的不丹，到处都充满了如此一般的传说。

沿着田间小路步行前往切米拉康，途经的村庄里各家大门与墙壁上都画着卡通的男性生殖器图腾，表现张扬而热烈，这些都是纪念圣僧竹巴衮列而形成的独特文化。村子里一群小孩正在这些画作下方追追赶赶，眼神澈亮的他们，似乎也成为画的一部分。

风中的欢笑声

为我们送茶水的小僧人

云雾中的世界和平塔

半路上，又飘起了小雨，村间小道上的泥土越来越松，鞋底也沾着一层厚厚的泥巴。走到切米拉康的时候，太阳出来了，雨依然在下，庭院边上有棵硕大的菩提树，菩提树叶上挂着的雨珠在阳光下晶莹剔透，不时滴落到地面……

切米拉康的建筑跟其他寺院并没有太大差别，都充满了历史感的古朴。

这座寺院的特别之处在于它不仅仅是纪念圣僧的寺院，更是一座不丹人心中的求子寺院，“不丹人想要祈祷生孩子的话会跋山涉水地来到这里。”长寿介绍道。

一位红衣僧人特地过来带领我们参观，在其中一座殿堂门口，僧人手提一个银壶，他将壶中的水依次倒到我们的手心，长寿在一旁小声说：“可以喝，也可以抹到头上，都是祝福的一种。”

接下来僧人又从身旁的小包里取出一些褐色的药丸，长寿说这个叫作甘露丸可以吃，我跟好友们接下这些甘露丸，一口全部吞下去。长寿得知后一脸惊讶：“啊，你们居然一口全吃光！不过也没关系，你们今天将带着非常强大的加持力！”同行的僧人朋友也过来解释：“甘露丸是非常珍贵的法宝，要好多天才能做好，做好之后，需要僧人们连续七天七夜不停地诵经，很难得。”

僧人们邀请我们在茶房歇息，这是一间昏暗的茶房，正中央亮着明黄的灯，地上铺满厚重的地毯，两位看起来只有十几岁的小僧人腼腆地送来茶水和点心就迅速走了出去。

此时，窗外的雨下得更加浓密了，屋檐下的雨滴连成一片片的帘幕，寂静里，唯有外面僧人们齐声念诵的阵阵经文声。

雨停时，我们走出茶房，庭院中那棵菩提树上，水滴被夕阳照耀得闪闪发光。我摘了几片菩提叶装进包里，它并没有什么不同，我只是想要凭借这个载体，记住这一刻的光与寂静。

往回走的乡间小路被雨水浸泡得更加松软，踩下去还会深一脚浅一脚的，一路留下许多脚印。几位村妇走在前方，她们交谈的声音里，都是笑语，随着裙角一同在风里荡漾。

水稻田边，路遇举起锄头准备归家的老人家，他给到我们的微笑，恬静有如水稻田一般。

在这片深深的恬静里，完全联想不出，这个片区曾经发生过圣僧竹巴衮列降服魔女这样惊天动地的故事。

富毕卡　时间尽头，天荒地老

从梅钦那出发，途经不丹最美的故都普纳卡宗堡，来到富毕卡山谷。

富毕卡山谷以黑颈鹤保护区而闻名，每年深秋，都会有三百多只黑颈鹤成群结队地横跨青藏高原飞来这里。传闻每年 2 月，当它们重回西藏之前，总会先来到山谷边的岗提寺，在寺院上空顺时针绕着飞完三圈才会离去。

参访过古老的岗提寺之后，桑杰将车停在了山谷边上的一处山坡前，我们要从那里开始徒步，富毕卡山谷海拔将近三千米，这里比这些天去过的其他地方海拔都要高，也冷得多。

下车时，天空也正飘起蒙蒙细雨，我们披上外套，带上雨伞，脚下是松软厚重的草坪，朝山坡上碧翠的松林走去。

走过这段松林的斜坡，面前是大片空旷的农田、森林以及散落在森林边上的村舍，阳光此时正好从浓云中洒落下来，整片原野就像一个世外之境。

这是一段村道，各种颜色的野花在田野里开放，篱笆田里，绿油油的土豆苗在地里开着一簇簇白色的小花，几头花牛正在一旁的青草地上悠悠缓缓地走着，有小溪从路中间缓缓流经，在这砂石小道上走到尽头都没遇上一位行人……

长寿说:“很多西方游客走这段路都说非常像瑞士。”可是，这一刻，我感觉自己更像是走进了托尔金笔下的中土世界，一派《指环王》里夏尔王国的清新明媚，与世无争……

穿过村庄和土豆田，便走进了一片高大的原始松林，密密麻麻的松木高耸入天空，长长的触须从粗大的树干上延展下来，夕阳的光线几乎都被树木遮蔽，布满阴森的氛围。

“这些都是生长很久的原始森林，我们对树木的保护很严格，在不丹，即便是属于自家领地的树也不能随意砍伐，盖房子我们有规定用树的数量，任意砍树都是要被严重惩罚的。”长寿讲述着不丹人严苛的环保理念。

雨后的普纳卡宗堡

精灵般的凝视

密密的原始杉林

小溪静静流淌过山谷

我了解过，不丹独特的环境保护准则来自不丹第四任国王颁布于二十世纪七十年代的“国民幸福总值”社会进步标准。不丹政府立法规定森林覆盖率，目前不丹的森林覆盖率为 72%，是少有的碳平衡国家，更是世界上少数仍然保持生物多样性的国家。

不丹自然生态的完整性，从更深层来挖掘，与原始的宗教精神信仰密不可分。

不丹王太后多杰 · 旺姆 · 旺楚克在她的书中深入地谈到全民信仰佛教对环境的影响:“对树的尊敬——其实是敬重——也深深植根在我们的心里，每一个不丹人都知道，佛一生中的四大事件都是发生在树下。”“不丹佛教的一个独特之处是，它吸收了很多早期苯教的做法，苯教非常相信万物有灵，这灵性不仅渗透了树木和森林，也浸透了山脉、河流、湖泊、岩石、山洞和其他带有神力的自然形态。”

……

路上遇上一段废弃在丛林中的木块，同行的友人问能不能将它带走留作纪念，长寿直接用“不可以”来回应，对于不丹人来说，草木山石都是整个地域当中完整的、神性不可分割的一部分。

走过原始森林，视线再次壮阔起来，宽阔的沼泽地一直延展向远方的群山，这里便是黑颈鹤的冬日栖息地，此时，它们都还在遥远的青藏高原。沼泽地上，青草肆意蔓延，纵横交错的溪流穿行其中，广袤的草地上，只有一些马匹和牦牛。

徒步不到一半路程，高原上的雨任性地说来就来，天色忽地阴沉下来，云层翻涌着无边的壮阔，温度在瞬息之间猛烈下降。

抵达沼泽边缘的木屋旅馆时，天色全部暗淡下来，桑杰已经开车提前抵达，他早早地帮我们安排好房间、搬好行李。

在四周荒无人烟的原野里，旅馆大厅里昏黄的灯光格外温暖，壁炉里的柴火已经烧了起来，空气里暖流在流动着，自助晚餐依旧是咖喱辣椒、炒茄子、大白菜等等素食，每一口吃下去都叫人格外珍重。

落地窗外，黑夜连同夜雨一同降临，浩瀚的森林沼泽，一片寂静。

晚上开着电热毯入睡，只觉得睡在天地广袤间的温暖里，时间不复存在，一切天荒地老……

布姆唐　千年之外，尘嚣之外

位于不丹中部的布姆唐是不丹的文化腹地，这里交通不便人迹罕至，到处充满了莲花生大师的印记与传说。

经历了一整天的长途跋涉，一路经历惊心动魄的无护栏悬崖泥石流路，抵达之时，众山环绕的布姆唐一片清寂，远离世间喧嚣。第一眼就觉得这个地方是“择一小城，白头偕老”的理想选择。黄昏后的酒店里，满园玫瑰娇艳欲滴，它们开得那么旁若无人，瞬时心就柔软了起来。

晚上服务员过来点亮了房间壁炉的柴火，原本冷清空旷的房间，一时间全被暖流包裹，入睡时，就只有一旁松林的飒飒风声。

第二天一大早来到了古老的简培寺，晨光刚刚初升，照耀到寺院门口那堆高高的玛尼石堆上，低矮的围墙、古旧的大门，从这样朴素的外观完全看不出它在历史上的重要性。简陪寺是由藏王松赞干布于公元 659 年修建，如同帕罗的祈楚寺、拉萨的大昭寺，传说都是松赞干布为了降伏青藏高原上的罗刹魔女而建。

历经千年，简培寺依旧保持着原有的样子，所有建筑似乎都经历了千年风雨，门廊上的柱子被触摸到光滑斑驳，地上的木板被跪拜摩擦到发亮，走廊墙壁上许多古老的壁画，已经只剩下剥落的色彩、轮廓与线条。

此时，这里只有一些当地的老人们，他们穿着厚厚的衣服，在大殿前的空地上一遍遍地做着大礼拜，或是跪在地上读着手中的经文，或不停地拨动转经筒……年迈的他们，看向我们的微笑里有份独特的笃定与平静，这应该就是信仰的力量。

在寺院超大的转经筒旁，一位身着黑色帼、头发花白的老人笑容满面地朝我走来，他指着我的手机点头示意，我明白了他想要与我合影。在镜头前，他自然地搭着我的肩膀，拍完照片，他凑过来看了下我手机里的照片，竖起大拇指，神情满足地离去，摇着手中的转经筒持续祈祷。他突如其来找我拍照的举动让我有些惊讶，但他就是这样想做就做了，对于不丹人来说，一切来去都是那么自然。

在这座古寺主殿中，长寿跟我们讲解道：“这里设立的三层石阶，它们分别代表着过去、现在和未来。”一旁的香炉里，浓郁的松烟正在腾空而起，缕缕不绝，他突然间说到的这三个“代表”让我联想起一场关于时空的概念，我想在这过往千百年的历史里，过去发生的所有不复存在，现在是一场瞬间流逝的寂空，未来更是难以期许不可捉摸，《金刚经》里说“过去心不可得、现在心不可得、未来心不可得”，当以何等的虚空之境去面对这过去、现在、未来？

简培寺古老的内殿主供着强巴佛，强巴佛也即弥勒佛，他以未来佛的形象出现。据说释迦佛曾预言，强巴佛将于释迦佛圆寂后的五十六亿七千万年后来到人间，继续弘扬佛法。

在这关于未来的预言当中，我们又应以怎样的期待来面对？

……

村庄里的儿童

贾卡尔宗堡

前往古杰拉康

从简培寺的时空印记中走出，再一次回到当下。

步行前往另一座寺院古杰拉康的路上，一路是白塔、牧场、牛群、溪流、野花、村落……一路的碧翠芬芳，这里又是另一重的世外桃源。

古杰拉康建于1652年，建筑群庄严地掩映在山林中，据传莲花生大师曾在此闭关修行，这座拉康在不丹人心中有着重要的地位。寺院白墙边上到处都种着一串串紫色和粉色的花儿，这样的柔美与金顶白墙的建筑形成一种反差感。

桑杰已经提前开车过来在院子里边等着我们，桑杰话不多，他总是绅士般地微微笑着，每天都将车清理得干干净净，也总是帮忙叠放好我们留在车上的衣物，我们都好喜欢他。桑杰从车上拿起好友的莲师唐卡，一路都恭恭敬敬地，在古杰拉康的每尊佛前，他都双手奉上唐卡触碰顶礼。

在古杰拉康，我们看到了莲花生大师留下的印记，但真正深刻的印记，是刻在人们信仰中的印记。

这一天的布姆唐，长寿为我们安排了异常丰富的行程，去了顶奢的安缦酒店喝下午茶，拜访了圣湖曼巴措，盛装探访了古老的贾卡尔宗堡……

最后留在记忆中的是黄昏时分的洛卓卡珠寺，一群年轻的红衣僧人盘坐在大殿齐声诵经，他们翻阅着面前发黄的经书，唱诵是那么激昂有力，其中有一位小僧人用调皮的眼神望向我，那个眼神里充满了喜悦，充满了力量……

从布姆唐的各种圣迹解读中，我最终看见的，却是它深藏平凡之中的朴素宁静，它的与世无争，它的包容宽阔。这份世外仙境般的纯粹，不限于任何过去、现在、未来的任何概念之中。

虎穴寺　圆满是内心的自在

再次回到帕罗的那个黄昏，我在帕罗宗堡附近的艺术商店里遇到一幅“一见钟情”的莲花生大师唐卡。画像上莲花生大师端坐在金丝勾勒的层层莲花花瓣之上，目光锐利，右手持着法螺，左手持着宝剑，手握斩断无明的智慧。

小商店里的裁缝师傅连夜加工为我做好了唐卡底衬，没有收取任何额外费用。

走过大半个不丹之后，深知整个不丹都与莲花生大师紧密相系，不丹王太后多杰 · 旺姆 · 旺楚克在《秘境不丹》一书中写道："如今，莲花生大师在不丹被称为第二佛，在不丹，没有一座寺院或人家里不供奉他的像。""在不丹的几乎每一个河谷，都会有人指给你看莲花生大师留下的足迹、手迹或某种其他到访或恩赐迹象的山岩或山洞。"

在离开不丹前遇上合意的莲师唐卡，似乎是一个圆满的预兆。

第二日，在清晨的帕罗醒来，远山抹上了一层层的云雾，美到如临仙境，这是前往虎穴寺的日子，也是我们在不丹的最后一段旅程。出发时，长寿特地嘱咐让我将这幅莲师唐卡一同带上。

虎穴寺位于帕罗周边的高山上，高耸于三千英尺的悬崖，它是不丹王国的信仰中心，亦是各国政要来到不丹都会前来拜访的地方。虎穴寺因莲花生大师闻名于世，在流传的故事里，八世纪时，莲花生大师曾经骑着飞虎来到此地闭关修行。

山脚下是马匹租赁处，这里除了马没有其他交通工具，但是骑马也只能到半山。为了保持山林最原始的样貌，以及对信仰的敬重，即便一年有十几万国外旅客造访虎穴寺，不丹政府也没有修建任何现代化交通设施。

我们没有骑马，选择全程步行上山，前夜正好下过了雨，山路上都是泥泞，到处都是马匹踏过的坑洼，每一步都要选着地方落脚，走过半山之后，山路全是几欲垂直的坡道。“加油啊！加油！”路上遇见一群新加坡人，微笑着对我们说鼓励的话。

长寿主动替我背着那幅莲师唐卡，爬山时他还是穿着那套正式的帼和皮鞋，即便如此，他的步伐依然十分轻快。我们一路断断续续地聊天，我问长寿：“你们不丹人怎么看待那些关于莲花生大师的传说？比如他骑着飞虎来到虎穴寺，你们相信都是真的吗？”“当然啊，我们都深信不疑。”他的回答毫不迟疑。

他跟我继续谈到曾经到中国深圳留学过一年，他对此最深刻的感触是："一年胖了二十斤，每天都吃好多，从来没见过那么多好吃的食物。"而现在的他，已经吃全素六年了，问及为什么开始吃素，长寿回答，是很自然的选择。

走到半山腰时，长寿提醒我抬头："你看，天空有日晕！好美！"松林上方的高空中，太阳被一层五彩的光圈环绕，"这是非常吉祥的象征，在不丹，天空经常会出现日晕、彩虹、祥云等等瑞相，通常都是大人物出生或入灭的象征。"长寿说道。我第一次见到这样的日晕，它带来的，是美的直观享受，更是一种殊胜的感知。

我们同行的僧人朋友见此，加快了速度往前攀爬，很快便不见人影，待我和友人们走到虎穴寺对面的观景台时，远远地见到他已经坐在寺院门前的石凳上等着我们。

此时，站在山顶，我的真丝上衣后背也已完全被汗水浸透，山风一遍遍翻动路边的五彩风马旗，我的后背也被风吹得冰凉凉的。

一个多小时前太阳周边出现的那圈光环已经消失，对面的虎穴寺上方，湛蓝的天幕中轻轻地飘着一朵五彩祥云，祥云下方的虎穴寺矗立在硕大的石壁之上，金色的主体建筑威严屹立，如同一幅油画。

沿着崖壁的台阶继续走过去，经过一条清透的瀑布，清澈的水流从天空上方坚硬的石壁飞流而落，溅射的水花在空中轻柔飘洒，令人似乎置身天界。

走过这段瀑布，便是虎穴寺的大门，旅人们必须将所有物品寄存在门口的柜子中，包括手机、相机等电子产品。虎穴寺曾于 1998 年毁于一场大火，重建后的虎穴寺有着高于不丹其他所有宗堡和寺院的严格规定。

游人们络绎不绝地进进出出，门口值守的僧人们一直处于忙碌的状态，即便如此，他们的动作里都是耐心和优雅。

虎穴寺里，紧贴崖壁而建的每个殿堂都很小，却是空灵庄严，虽然朝圣的各国人群来来往往，但在此大家不分国界，面色神清气定，每个人都在默默感受与圣境链接的那份自在。

正中央的大殿里，一场隆重的法会正在进行，一位身着黄色法衣的年轻仁波切坐在正中法座上主持，僧众们在他的引领下一同唱诵经文，周边是密密围绕的游人。

长寿从人群里挤过来跟我说，他要去问问能不能让这位主法仁波切给我的莲师唐卡开光，我想着：“在这个场合，不太可能吧！”等到长寿再次从人群里挤回来我面前的时候，他两眼发亮地给了我肯定的答复。

法会休息的间隙，我小心翼翼地拿着这幅唐卡走到主法仁波切的面前，双手递上，他优雅缓慢地打开它，对着这幅莲花生大师画像念诵长长的经文，最后他还示意我打开手掌，然后在我的手心放了一些不知名的干花、青稞、米粒之类的东西。

在他面前的那个瞬间，我的感知变得模糊而又清晰，模糊的是对所有欲念的抽离，清晰的是对万物本质明晰的感知。

我收好这幅唐卡，似乎就在此时、此地，我与莲花生大师建立了某种真正的链接，经由这些种种，我知道，何等殊胜的景致，怎样庄严的仪式，都是为了调伏这颗凡尘心，都是为了让心变得更加广阔慈悲。

下山的时候，身旁的僧人朋友诠释仁波切赠送的那把加持品：“在佛教里，这是非常好的赐予，是一生衣食无忧的祝愿。”我很高兴自己收到了这样的祝福，但我明白，我的祈愿，并非只是个人的衣食无忧，精神上的丰裕、内心的智慧与慈悲，才是值得一生的追寻。

重新望向山顶，之前的五彩祥云正随着阳光渐渐消逝，缭绕的法音，也淡化在山谷，我的心中，盛满了明澈的祝福。

悬崖上的虎穴寺

清泉从天而至

松林上方的光晕

中国川西大藏高山上的风花雪月

来自原始森林深处的生命滋养

出租车离开了马尔康城区，拐进一条崎岖不平的砂石路，经过一大片草甸后，沿着溪流，一路向群山深处前进。

几个小时前，从成都前往马尔康的高速公路上，雨还在一直不停地下着。此时，天空已经蓝得碧澈，几朵纯白的浮云在高高的山顶游移，这里是四川西部，地处青藏高原边缘，隶属嘉绒藏区，高原的云，变幻莫测，自有一股与世无争的灵气。周边是高耸的连绵群山，车就在山谷最底端往上爬行。

一切都让人雀跃，山野刚刚蜕变成夏日的碧翠，牦牛矗立在野花丛里，瞪大眼睛望向远方，羊群有些惊恐地跑开，山村的农家院落前开着艳丽的月月红、蔷薇花，碧色的溪流奔涌向前……

半小时后，手机信号一格一格地逐步消失，一路不再有往来车辆，更没有任何村落与人烟，山林越来越浓密，到处是高耸入云的雪松，偶然间有白色瀑布从密密的丛林里洒落。

我要前往的地方叫作大藏寺，是一座雄踞群山之顶的清修寺院，这里没有任何公共交通工具，只能包车前往，这是我第四次前往。这一次我不再使用之前那些高价越野，上一年在此长住一个月之后，我已经学会了使用当地人的交通方式。

路旁树林间出现红色的野莓果，出租车司机达瓦停下车来，他踮起脚尖够起身子特地去帮忙摘过来。他说自己老家也在山上大藏乡的村子里，语气神情里都流露着对深山里与世无争生活的留恋，但为了两个孩子的读书学习，必须下山讨一份生活。

车一路盘旋向上，深入山林，我的头脑里还充斥着前几日北京城里各色人群与文化艺术的影像。那十天，穿行在各类博物馆、美术馆的艺术品与人流当中，全中国最深度的历史以及顶级的艺术与文化在我的脑中交织，我的头脑进行着一场深度的风暴式文化洗礼。

此刻，唯有鸟鸣与风声，群山的磅礴与广袤，教人恍若隔世，人类的种种创造与活动，在大自然面前，都是那么微渺。

上山的路有两条，一年前来的时候走的也是这条山路，当时正值疫情期间，到处形势严峻，我包了个二千八百元一日的“天价”越野车，我跟司机说要一天之内从成都抵达目的地，远离尘世的心情如此迫切，我只想确定自己能够抵达，也愿为这份抵达的坚定买单。这位司机一路极少言语，他开着墨绿色的霸道专注前方，一路朝阿坝州的山林飞奔而去，如同赛车一般的车速与我要抵达的心情默契至极。

这一次，一切轻车熟路，我没有了一年前的迫切，更知道自己终将会抵达，心里全是随遇而安的从容，只是对目的地依旧充满期待。

接下来，如同上一年的夏天，我将在此度过没有手机信号的一个月，并将深入群山的宁静与深邃。

出租车沿着蜿蜒的山路向上，来到山顶最高处的垭口草甸，这里海拔四千二百米，是视线最广阔的地方，连绵的青山尽收眼底，推开车窗，冷冽的风在此猛烈、肆虐，此时，雨又开始滴落，群山在云雾中恣意绵延，壮阔无边。

翻越垭口之后，车一路都在山顶的平路上匀速前行，到处是烟雾笼罩的神秘。手机信号偶尔闪现，我给好友吉美师父发信息“快要到了”。

终于来到了山顶观景台，对面山坡上的佛塔、寺院完整地出现在视线中，惦记了一整年，这座寺院又如此真实地重现在我眼前。

大藏寺已有六百年历史，是高僧阿旺札巴生前修建的最后一座寺院，大藏寺恰好是他修建的第一百零八座寺院，象征着一切圆满自在。虽然来过了三次，重归故地，依旧按捺不住那份近乡情怯的激动。

真是奇特的缘分，第一次来这里居然是因为一位信仰基督教的美国女友。她跟先生在中国旅居了十年，离开中国之际，她一直跟我说要来川西看看秋天的彩林，我担心她人生地不熟还不太懂中文，陪着她一起出发。

我的成都好友一路开着他那辆老奔驰载我们前往川西，马尔康的一夜大雪之后，我们前往大藏寺。无际的山林里，原始松林都被白雪覆盖，整片松林都掩埋在深深的静寂里，午后的光从山林的一侧穿越而来，在雪松上折射出五彩的光，犹如奇幻世界，美国女友一路为这美景连连惊呼。

成都好友说他曾起心动念七八次要来这里，但都被各种原因阻挠，一次都没有成功登顶过。这次，我们的决心很坚定，大雪也没有阻挡我们的来路，一路无比顺畅。来到山顶观景台的时候，对面山头上的大藏寺镶嵌在群山之巅，金黄色的屋顶闪闪发光，仿若一个遗世独立的世界。

这次之后，第二年跟友人们再次前来的时候，春天的大藏寺开满了各种颜色的野花，山林碧翠，到处一派春明景和。

那两次，因为友人们的高反，都只是在此短暂停留几小时，便去了山底下的沙尔小镇，等到第三次来的时候，我在此长住了一整个月。

出租车来到了寺院边上的旅馆前，我告诉司机，先直接开进寺院的法务部。

吉美师父跟豆豆已经在门口等待了，吉美师父穿着绛红色僧衣，头上绑着一条明黄色的发带，这条发带是他近期经常去打篮球的标志，过去一年他常说自己要运动要增重，也确实比上一次见面时脸上明显圆润了不少。豆豆是寺院收留的金毛狗，经常跟着吉美师父，它已经六岁了，一年不见，它也长得更壮实了，它热情地跑过来，兴奋地摇着尾巴上蹿下跳。

法务部已经关门了，我们把后备厢的几箱牛奶、白酒和水果搬出来放在门口，牛奶和水果是供养给僧人们的，白酒是用来供护法的。第一次来的时候，山下认识的藏族友人告诉我可以买这些带上来，所以每次来我都会带上这些，如同探望亲人一般。

我们一同走到寺院门口唯一的旅馆，这里的人都叫它茶楼，一楼二楼最主要的玻璃房都是用来给上山的信徒们喝茶、吃饭、休息，两层楼里总共也不过有十间小小的客房。这里是清修地，完全没有任何商业化，除了一座供给基本日用品的小卖部之外没有任何地方可以消费，清苦的条件令得罕有旅客会在此停留。

吉美师父将我提前寄过来的衣物扛了过来，在这高山上，一天内的温度变化能够教人经历春夏秋冬四个时节，所以得备着全套衣物。司机也帮忙将行李从车上搬过来，我的房间在二楼走廊尽头靠里边，房间只有两张小木床，两个小茶几，一个衣柜，地面铺着木地板，墙面还是包过墙布的。我先将两张小床拼到一块儿，铺上自带的床单、枕套，再把桌子和地面全部用自带的毛巾仔细地擦过一遍，准备好所有，迎接未来一个月。

房间整理好之后就拥有了自己独属的感觉，简朴干净，叫人满足，这里的房间窗户虽然很小，但正好面朝寺院和后山。

穿上外套，走进外面的玻璃大厅，这里有好几张围坐的桌子，桌子都是茶几式的，这里都是持守着藏族人吃饭的习惯，七八位僧人已经开始用餐，远远看着，有好几张我熟悉的面孔。吉美师父告诉我，他们刚好从山下的村子念经回来，寺院饭堂已经过了饭点，所以在这里吃点饺子。我走过去跟他们打招呼，几许亲切，几许腼腆。

楼下厨房干活的阿姨走上来对我喊着：“吃饭了，今晚吃饺子，给你端上来了。”她身材粗壮结实，编着长长的辫子，高原红的脸上笑意盈盈，在这里吃饭，原本都是自助式的，阿姨用行动表达了她特殊的欢迎。

我拥抱了一下她，就像见到久违的亲人一般。这个藏族阿姨，住在不远处的春口村里，一个人负责整栋茶楼里里外外的一切事务，去年来的时候，她才刚刚来到茶楼工作。“去年刚来什么都不会，普通话说不好，菜也不会做，今年好多了。”阿姨有点抱歉地说，又对自己如今的熟练掌控充满了信心。想着去年在此的那个月，每天有阿姨照顾三餐，早餐她经常给我们做馒头、馍馍、鸡蛋、稀饭，午餐和晚餐经常是青椒炒肉、大白菜、凉拌青瓜、土豆丝、西红柿炒蛋这几样菜，她总是将菜切得特别细致，有时候她也包饺子、煮面条。山上物资稀缺，所有物品都需要从山底的沙尔小镇带上

吉美师父和豆豆

云雾缭绕的仙境

雪中大藏寺

雪中松林

来，能够在山里吃到这样细致用心的三餐，虽然简朴，我却总能感受到满足与美好。

离开的一整年，我都不时地怀念着大山里的所有，连同阿姨淳朴的微笑。

吃着碗里滚烫的饺子，想着终于又回来了，好安心。

天色渐渐暗淡下来，温度也骤降，羽绒服都可以用上了，外面的雨，淅淅沥沥地下着，落地窗外，连绵的群山都渐隐在云雾里。

对我来说，这里早已不是一个旅行目的地，它更像是我心灵的栖息地，它一次次地敞开怀抱，无限包容地接纳每一次以不同形态到来的我，给予我无限度的身心滋养。

强大，是接纳万物本有的样子

清晨醒来，窗外乌鸦在寺院上空成群结队，朝雾里啼鸣着、划着圈圈，飞得自在轻盈，这里是它们的领空，一年四季它们皆是如此自在。

过去的一夜，依旧失眠到凌晨，我预先知道会是这样。床垫有点微陷，褥子不够软，铺盖些许厚重，枕芯变形，再加上高原氧气稀薄，都无法让人好好入睡，我需要逐步调整自己的身体，重新适应这所有的一切。

清苦的居住条件并不适合享受舒适的度假者，上一年来的时候，满屋的飞蛾乱撞，屋顶上方山鼠的喧闹，深夜里牦牛的嘶吼，狂风骤雨以及电闪雷鸣，都让我见识到高山秘境的原始魅力，这里的夜，总有那么多让人难以入眠的理由。

一到早晨，万物的静谧，苏醒的群山，又总能教人原谅这所有的一切。大山与静谧，是我来到此地的根本，所有的慌乱与不安是生命进行曲中无法规避的一环，一切充满无常，如同生命的高低起伏，我又如何要求一切皆能如我所愿？我应该试着去接纳所有，如同群山包容万物。

上一年，我曾跟吉美师父深度探讨了这个话题。那时候，星星正在夜空中升起，寒冷的薄暮包围着群山，坐在吉美师父家厨房的火塘前，我请教他，该如何面对因背叛谎言而致的苦痛："任何关系都不是一成不变的，我们在这个世间相聚，相识都是前世业力和因果所致。所以因上努力，果上随缘，任何事情不要太过于期待和执着，这样我们就不会很心痛。所谓人生若只如初见那是每个人向往的一个主题而已！"

他的回答，是那么地轻巧和平静，让我瞬时觉得我以为的这场人生暴风雨，不过是自拟的一个伪命题："人生没有只如初见。"他告诉我，带着对他人的期待，以为关系一成不变，没有认识到无常，用自己既定的期待去期待他人，才是关系中痛苦的根本。

吉美师父明澈的双眸中，我看见了如同大山般的智慧与平静。

我们结缘于一篇我发布的公众号文章，他也成为我的第一个修行朋友。

吉美师父就在这山顶的方隅之地修行了二十三年，一直恪守着精进严苛的修行日常。他十二岁就来到这里，那时候小小年纪的他，就已经开始学着洗衣服做饭，更重要的是学习，每天都要长时间地背诵长长的经文。

跟吉美师父第一次见面的时候，我正在茶楼的厨房里边准备盛饭装菜，收到他从山下回来的电话，我从厨房走到旁边的餐厅时，他正好提着一大袋蔬菜和水果走进来。

夕阳的余晖从餐厅的小窗户照射过来，空气里充满静默，吉美师父个子高高的、瘦瘦的，穿着绛红色的长袍，戴着橙色的帽子，黝黑健康的脸，长长的睫毛扑闪着，眼眸清澈得像是高原上夜空中的星星。

我们说了那么久的见面正在此刻变成现实。

“不是说过了晚上一起吃饭的吗？”他有点腼腆地笑着跟我说。我看了下时间，早已经过了晚餐时间：“你现在才回来，还以为你今天又不上山了，阿姨又做好了饭叫我们吃。那就一会儿一起喝茶吧。”虽然我这么说，依旧是有那么一丝的愧疚。

晚餐过后，夕阳明晃晃地照着山顶的天空，我跟几位朋友一起去了吉美师父住的房子喝茶，那个房子在寺院的大塔边上，房子有两层楼，直视着对面的远山，一进门，一楼的厅里边堆满了木柴，从咯吱作响的木楼梯走上去，先踏进的是厨房，火塘炉灶餐桌全都在同一个空间。再过去是一间宽敞的禅房，两面都是大大的落地窗，直视着对面的远山，地面上铺着明黄的印花地毯，两边落地窗下方各有一个茶几，茶几背后是毛茸茸的白色坐垫，左侧一整面墙都做成了书架，上边摆满了各种书籍，除了各种佛学书籍，还有不少古诗词的书，苏轼、纳兰容若、王维、仓央嘉措的名字都在这里。右手边的墙面上有一道双开门，里边是一间无窗的禅房，黑黑的，只有佛龛前的两道烛光在闪烁着，整个空间就是这样一目了然，神秘、古老、舒适。

“世上怎么会有风景这么好的房子？”我跟朋友们惊叹地问。“是寺院的房子，不是我的，怎样好的房子，我们都只是暂时借住一下，生命里的所有，都只是借用一下，我们都是这世间的匆匆过客。”他回答，语气里充满了淡淡的平静。

夜幕中，气温开始迅速下降，但火塘已经让整个空间都充满热度，屋子暖暖的。

我有些迫不及待地跟他探讨之前的一些生命课题，跟他讲情绪的波动与冲击。“情绪或者失望是因为我们无法接受变化。”“如果实在感到消耗，那就远离消耗自己的人、事、物。”接下来他也并没有跟我讲更多的道理，而是感同身受地分析。

面前是熊熊燃起的火塘，烈火温暖着空气，也似乎在将我在夏日里热烈的情绪燃烧殆尽。

天空渐渐变成了深蓝色，不知道什么时候，月亮和银河一齐清晰的显现在空中，万物都浸入了深深的平静。

“看着星空那么广袤，宇宙那么宽阔，就会知道我们以为的纠结、情绪等等，实在荒谬，不值一提。”在寂静中，他轻轻说着。

那年在此的一整个夏天，我都沉浸在这句话的宽阔与平静当中。

从那个平静中归来的一整年，我的心境与生命变化了太多。

我决定了接受生命中的所有起伏，对人生做了一个坚决而勇敢的调整与改变。我搬至湖畔的一处住所，客厅与卧室的整片落地窗面对着山湖，在这里我拥有安静独立的沉浸式写作空间。吉美师父在此后的那个冬天又接着给我提议说你可以去跑步，我开始了每天七公里的长跑；之后他又提议说你可以买个瑜伽垫做大礼拜，自此之后，也开始了每天一百零八大礼拜。他那些看似轻描淡写的提议，我也不知道是什么魔力，就那样地执行和坚持了下来。

一年之后的再次会面，我已经连续长跑了八个月，也连续做了八个月的大礼拜，我的身材变得更加紧致，内心也被磨炼得愈加淡定。

“你的提议好神奇，我现在腰线马甲线都有了。太感谢你了。”我跟他分享着自己的喜悦。“是你自己原本就想要去做的，我只是恰好强调了一下。”他依旧谦逊地回答我，“在这样的历练中，你获得更多的是精神上的修为和进步。”

重新面对着这片大山与星空，似乎又重见上一年前那个站在人生又一个十字路口前不安与迷惑的自己，是这片大山给了她勇往向前的力量与笃定。回首过去这人生跃迁的一年，我似乎懂了，所有的痛苦，都不过是源于自己的内心与意念，所有的磨难，终将都会过去。

一个人真正的强大，既不是回避，也不是对抗，而是以

大塔旁吉美师父的居所

山中采摘的野花

寺院上空的无垠繁星

豁达的心境接受万物原本的样子和它所有的变化。

宁静的森林水池

这个午后，我独自一人向寺院后山的山顶走去。

周边的群山生长着郁郁葱葱的雪松，只有这边的山头上，是整片的草甸。7月的草原，各种野花都在阳光下绽放，它们低矮地匍匐在草地上，天蓝色的桔梗、深紫色的雏菊，米黄色的狼毒花，浅粉色的老鹳草，纯白色的蕾丝花，金黄色的毛茛……山风来时，它们在风中微微颤动。

这里海拔三千五，虽然平时天天锻炼，但在这里爬山我依旧会走几步就会喘气。幸好，草原的路很好走，一片空旷，就像是进入空荡坦诚的人心，你可以肆意任由行走，毫无任何顾虑。后背的双肩包里，我只装了最简易的必需品，雨衣、外套、水、纸巾，以及一本泰国阿姜查禅师的《宁静的森林水池》。

山顶的风很大，悬崖边上的狼毒花在风里瑟瑟摆动，群山都在视野下方，与我对话的，只有旷野的风声。远方出现了牛群，天空的云似乎触手可及，山顶的平地里也有一片水池，里边倒映着蓝天与云朵。

我走下斜坡，来到水池边，沿着水池边的小路走向对面的山顶。抬头时，一只巨型山鹰正好出现在头顶的高空，它的双翼平滑地张开，在风中轻盈地划过，整片天空都属于它，我久久地注视着，直到它在远方的云中消逝，这是多么值得骄傲的飞翔啊！我的心也随着它的羽翼在天空划过自己的轨迹。

水池边上有两棵松树，我走到树荫底下，把雨衣平铺在草地，盘腿坐下，打开禅师的书……感知在这一刻，深入微风的温柔、草地的清香、阳光的闪耀，乃至每一个细微的平静。

如此的平静背后，谁能想到，狂风暴雨的前一夜。山夜里的暴雨是那么的声势浩大，我翻来覆去几个小时都无法入睡。后来的梦里，我梦见自己救了一个溺水的女子，我从惊恐不安中醒来，泪水弥漫了双眼，究竟谁是这获救的女子啊？

而此刻，一切都那么地平静，眼前的泥土小径延展向天边，在最远处，草原与天空交合为一体，我的心也是，与大地和天空结合为一体。

整个世界都好像只剩下了我一个人。

还记得，第一次来到这座山底端的时候，夕阳铺满了对面的山岚尖顶，虽然还是夏日，但是山风猛烈地吹过来，温度在顷刻之间陡然骤降，远处的水池如同镜子一般反射着群山的薄暮，牦牛们的影子被拉得长长的，远处山谷里的村庄静静地矗立在夕阳中，站立在这样的风中，一切红尘退却，我的心中，唯有安宁。

时隔几日之后，爬上这座山的山顶之时，依旧是个黄昏，山顶上突然降临的细雨迷蒙了整个山际，绯色、墨色的浓云与夕阳的橙色光在雨中交织，整片高原瞬时陷入一个仙境，时空在此凝固。

后来，我也曾跟朋友们在太阳初升时就在此登顶，在这里最高的山顶撒过龙达，挂过经幡。那时候，清晨的阳光里，露水在低矮的草地与灌木丛中闪烁着光芒，金毛狗豆豆随着孩子们一起在这山野的花丛里欢乐地奔跑……我们先将经幡在山顶最高处挂好，红色僧衣的僧人们在高山之巅唱诵完祈祷文之后，我们再一齐用力地将龙达向天空抛撒，让祈愿随风飞向空中的每个角落。

万物所有，都是这般的无拘无束，天空和大地以它们没有边际的广博将我们揽入怀中，我们的祈愿与欢乐也一同融入了天空的豁达与纯粹……

流逝的时光无法挽留，永恒的记忆雕琢着生命。

从记忆中回到眼前的这一刻，往山下走的时候，再次遇见几头牦牛往山上悠然地走着，它们与我对视，眼眸里全是大山的倒影。我一路走，一路弯腰摘着地上的野花，天蓝色的桔梗，粉色的鹳雀草，紫色的小雏菊，米黄色的狼毒花……手握这簇小花，其中的每一个花瓣都美得让人怜惜，真是大自然的精灵！

走过弯弯的山坳，大藏寺正匍匐在这片原野之下，阳光下的金色屋顶闪闪发光，令人心醉，其中的每一栋建筑，都是我心中的宝藏。

盛放的狼毒花

山谷里的闭关房，溢满慈悲

大藏寺大门前的水泥路往左再一直往山下的方向，松林深处，静静的山谷半空中，这里有一座耸立的白塔，一条条五彩的风马旗从白塔顶上蔓延下来在风里舞动，旁边的高处另有一栋两层楼的小房子。

这里是一个小小的闭关房，提供给僧人们闭关静修的地方。

整个塔和房子是香秋师父的设计，他是寺院里无师自通的设计师，大藏寺里最高的大塔也是他负责设计修建的，香秋师父的脸圆圆的、黑黑的，很健康的样子，看起来也不到四十岁。

他告诉我，大藏寺的法台尼玛仁波切在生前曾嘱咐他在此修建闭关房，并且叮嘱在白塔前放上雕刻的石鸟："佛塔落成后不久，天空出现与雕刻的石鸟一模一样的祥云。"他将照片给我看，觉得不可思议："高僧大德心里惦记的是众生，眼界和预示跟我们完全不一样。"

我曾两次来到这个闭关房，深深的松林是如此的静寂，在这里只能听到松涛的声音和山底流水的声音，人间的所有似乎被隔断，远望过去，也只有对面的山谷。

一楼有个小小的厨房，从木楼梯走上去，二楼有个不到二十平方米的法堂，里边铺着红色地毯，佛龛里供奉着诸佛，旁边的法座上，还放着尼玛仁波切生前的黄色僧衣和法帽。我能感受到，一种无法触摸的温暖和慈悲在空中扩散，在我的心底弥漫。

在空空的寂静里，我总能想起第一次见到尼玛仁波切的情景。

那是个春日，我跟朋友们受邀参加这里一年一度的看花节。大藏寺的山底沙尔宗的草甸上，各种花儿都开了，牦牛、马儿、藏香猪都在这片草地上悠然自得。

我们到来的时候，尼玛仁波切正坐在低矮的法椅上，他的僧衣外边套着明黄色的羽绒服，周边围坐着一群僧人和村民。我走到他面前向他顶礼，他的身体很瘦弱，八十六岁的他脸上布满皱纹，肤色却透着光泽，眼角眯成一条线，干瘪的嘴角露出微笑。听说他病了很久，虽然精神很好，却可以看出来身体依旧孱弱。

仁波切摸了下我的头，再用双手捧住我的手。他的双手，好像婴儿的手一般柔软，是那么不可思议的柔软。

我对他说道:“我很早就在朋友的朋友圈里看过你的照片，一直很想见你。去年 10 月我也来了沙尔，很想见你，但听说你在马尔康住院，没能见到你。”旁边的僧人翻译成藏语告诉仁波切，他看着我点头微笑，用他柔软的手掌轻拍我的手。

一旁的孩子们也走上前来问候尼玛仁波切，他消瘦的双手不停地递出面前的饼干、饮料，点头示意让孩子们接住，亲近如同邻家爷爷。

“他的手怎么那么柔软，好像婴儿的手一样。”我说。

“简直是比婴儿的手还要柔软！”一起到来的好友回答道。

看花节的仪式正式开始了，音响里传来欢快的歌舞声，大家都转移过去河边的草甸上，盛装而来的藏民们与僧人们一同席地而坐，每个人的面前都摆着许多的零食、饮料和水果。

尼玛仁波切被弟子们搀扶起来背到河边草甸上的法座

上，村民们开始围着一起跳完第一支锅庄之后，仁波切再次被搀扶起来，他的身体已经非常瘦弱，但又带着轻盈，他蹒跚地走向众人围簇的中心，右手举起银铃，左手拿着纯白的哈达，边走边摇铃，念诵着祈祷文，天空中那团空蒙的云层在这时间完全褪去，碧澈的蓝天映衬着整个山谷的翠绿。

“这是对山神的祈祷，仁波切在为众生祈祷一整年的风调雨顺、五谷丰登。”身边的藏族朋友如此告诉我。进行完这简单的祈祷仪式之后，我来到仁波切跟前，他笑容满面，再次亲切地搭着我的肩膀同我合影。

“今天尼玛仁波切握了我的手，为什么他的手那么柔软啊？”我问藏族朋友泽尔单。“仁波切每天清晨四点就起床诵经为众生祈祷，从他年轻的时候开始每天都这样，每天都有很多人来找他，就连生病后，他也从来都不会拒绝任何人。”泽尔单平静地讲述，他并没有直接回答我的问题。

我从他的话里找到了想要的解答，这世上如果真的有神迹的话，那也是内心的慈悲与大爱，慈悲才是这份柔软的唯一答案。

“仁波切还是位藏医，他经常下山给人看病，解决各种问题。以前没有这么好的路，也没有车，大雪封山的时候，只要有人找，走也要走下去。”吉美师父这样跟我讲，认识吉美师父的时候，尼玛仁波切已经在两年前圆寂：“仁波切就是我们心中的太阳，以前仁波切从山下回来的时候，还隔着两三公里，我们真的就能感受到一股不一样的温暖。”

在这座仁波切生前嘱托建成的闭关房里，我想念着他生前这唯有的一次会面，他灿阳般的微笑连同整个春日的明媚一直如此鲜明地印刻在我心上。

走出闭关房，夕阳已经将天空染成了玫红色，山林间唯有风声与鸟儿鸣叫声，整片山林都沉浸在静寂当中。另一边的山头上，一钩弯月在松林上方徐徐升起。万物的柔和，让心也随之柔软起来。

我想，那股看不见的柔软，是慈悲。

是这溢满慈悲的力量牵引着我，让我一次又一次地来到这里。

六月的看花节

暮色中光影变幻的山林

闭关房的白塔和经幡

风中行走　心的修行

身边的风呼啦啦地吹着，屋檐上的银铃在风中叮叮当当地响着，暮色中的群山上方布满了翻滚的浓云，我在护法殿外围的石板路上一圈又一圈地快速行走。

这样的顺时针绕行也称为转经，是朝圣修行的方式之一。上一次来，我已经在这里绕行过五百圈，一天内不同时段每一个面向的光影，路面上每一块石板踏上去的感觉都了然于心。

云被风推着挪移，看似即将到临的雨却一直迟迟没有降落，白日的空气已经变凉，但我却已经走到全身发热，我脱下外套，持续着自己的步子，没有离去的想法。

一连好几日，清晨，黄昏，夜幕，我都在绕着护法殿行走，我拨动着手中的金刚菩提，每行走一圈，就将计数器向上推一格。

面前这栋拥有六百年历史的护法殿是整个寺院最古老最神秘的地方，它位于大殿右侧，绛红色的墙身由石头堆砌而成，里边主要供奉着护法神大黑天。据说大黑天是观世音菩萨的化身。人们都喜欢来到护法殿写下自己的祈愿。我也去写过好多次祈愿，为自己为亲友为众生，也恰巧翻看到登记本上边记载着的各种愿望，这些祈愿都不离“发财”“平安”“姻缘”“学业”“健康”“事业”几大主题，世人内心深处的欲望与追求，都被悄无声息地记载在这里。有时候会想，这轻薄的登记本，是如何去承载那么多的愿力的？

整个寺院的殿堂都对外开放，唯有护法殿一整年只有大年初一这一天会对外开放，并且只有男性信徒才能入内，其他时间都是关闭状态，只能在半掩的大门口一窥庄严古老的大堂。护法殿主要由两位僧人看管，一位负责打扫接待，一位负责念诵，寺院每位僧人都会在此轮流值守一年。我来到的时候，吉美师父这一年正好轮到在此值守。他每天早晨六点起床开始来到护法殿念诵经文，高山上的清晨一年四季基本处于凛冽严寒的状态，吉美师父每日早晨来到护法殿后便会一直在蒲团上连续四五个小时地祈请念诵，如此每日循环往复，在新冠阳性发烧咳嗽不止的时候，他都坚持着准点出现。他说：“没什么了不起的，也不叫自律，只是尽力做好自己的本职，最大的愿望就是希望自己的念诵与祈祷可以给大家带来幸福。”

一般来寺院朝圣的信徒，都会在护法殿转上五百圈，这是大藏寺小朝圣的其中一项。

我在风里走着，广场上的大香炉里燃烧过的松烟味还停留在周边的空气里，混合着护法殿里散发出来的那股特殊香味，这些味道，令得呼吸也有种沉醉感。白天的时候，殿堂上空，乌鸦们总是在这里飞舞、啼鸣、停留，僧人们披着他们的红色长袍在大殿门口的广场上来来往往，少有游客或信徒往来。我只是偶尔遇见几位藏民一起在此转经，他们望向我的眼神淳朴有光。金毛狗豆豆倒是高频出现，它可以称得上是这里的常客，它有时候会跟着我一起走几圈，但更多时候是吐着它的大舌头趴在殿门口的木地板上乖乖地等着。有时候，寺院领养的小马姜仔也会跑过来，它的蹄子在石板上踏出嘀嗒的欢快声，静下来的时候，它那双灵气的大眼睛总是紧紧地瞪着来人。

在这里转经，我也会不时想起大藏寺现任法台培杰仁波切明灿的笑容。一年前，在大藏寺首次遇见他就是在护法殿旁的广场上，他刚好从大殿的人群里走出来，带着一股强大而平静的气场。培杰仁波切是位极其谦逊的年轻仁波切，这一次我来到的时候，依旧又在广场边遇见了他。“你来了啊？来几天了？”他关切地问我。“仁波切，我来了好几天了。”“辛苦了，先好好休息！”他点着头满面笑容地说着。他总是如此谦逊慈爱地对待所有信众，脸上总是挂着明灿如太阳般温暖的笑容。

这时候，天色渐渐沉下去，白日里屋檐上那些乌鸦也都归巢，只有过道或广场上会偶然出现一两位僧人悠悠走过的影子。

我只剩下风与银铃的陪伴。独自沉浸在行走的速度当中，纷杂的念头起起伏伏，一点点被旋转至风里，所有那些强烈的情绪，那些对与错的评价，那些悲伤或喜悦，都化为云和风一般的轻盈。

在这样看似枯乏的重复行走中，我越来越走进内心深处的平静。

……

温暖的遇见

清晨的护法殿

烛光照亮冰冷的夜

上一次在这里长住的时候，同住在茶楼的杨淮智和亮亮给我介绍了大藏寺的小朝圣，包括围着护法殿转五百圈，沿着寺院外围转经筒路线转十二圈，再做一百零八个大礼拜。

杨淮智是一位来自昆明的生意人，也是一位高个子大龄单身汉，每日穿着一身黑色 Armani 休闲套装的他在此朝圣不时都会去护法殿门前写下“发财”的愿望，不但替自己写，还替众多朋友写。他告诉我之前最多的时候赚过几个亿，现在还拥有大片矿山。他毫不避讳自己对财富的崇拜，豪气直率，但又沉浸在对自身的持续自省当中：“以前花天酒地的生活太混乱了，这里的朴素真好，藏族人的眼神和友好让人感觉好纯粹。……茶楼阿姨做的菜，虽然很简单，可是让人感到好幸福，很感恩。……西拉师父问我钱够不够用，我说不够，他说要给我一点钱用的时候，我觉得自己太惭愧了，一位清贫的僧人都这么满足，我们什么都有的人这么不懂满足啊。”……第一次来到这座大山，这位霸总般的生意人已经喜欢上这里的所有，一身名牌的豪气之后，谦逊、感恩才是他的底色。

亮亮是西安甲级医院的一名行政人员，他每年都会来到这里朝圣，他身体微胖，在高原上走路的时候总是微微喘气。我们刚在茶楼遇见时，他就将一间宽敞明亮可以看得见风景的房间让给我，自己毫不介意地搬到一旁阴暗的小房间。他总是憨憨地浅笑着，从不评论他人，一副怎样都好的样子。

亮亮和杨淮智经常结伴出门，每天按时上下班打卡一般去转经。

戴着厚眼镜的西拉师父再三地跟我们强调，重要的不是完成的数量与速度，而是其中的思量与修为。我想是的，数量与行为的规定，其实是给人们一个参考的标准，而内心的净化，并非可以量化的。

……

从记忆中回来，暗沉的暮色里，风吹得愈加猛烈，我就这样一直行走着。路灯亮起来的时候，酝酿许久的大雨终于降临。我快步来到护法殿大门前双手合十鞠躬，以最后的仪式结束这一日的转经。我撑起雨伞往大门外的茶楼方向归去，路过灯房，只见里边一排排的烛光照亮了整栋玻璃房，这一瞬，光明与温暖填满了黑夜的全部。

彩虹与星空：用所有的爱抵至你

午后，屋外浓云卷墨。

我一边喝茶一边看书，正好翻到苏轼的“春风摇江天漠漠，暮云卷雨山娟娟”。抬头见山坳上空正值此景，浓云之下犹有江水滚滚，细雨潇潇山色空灵娟秀，不得不惊觉，古人造诣何其之高，一句话就已经精准表述所有意境与深情。

这是我首次读到“山娟娟”的描述，我的名字里也含有“娟”字，不是苏轼如此用词，我不知道“娟”也可如此洒脱空灵，人们对世界的认知，终究是自己被赋予的感知。

雨停之后，七种颜色的双彩虹从对面的森林深处延展到另一端的山头，比童话更神秘动人。

在这里的这些天，夏日的高原雨总在午后准时抵达，彩虹也总在风雨之后显现，并且出现的弧度大同小异。

我特地赶着下楼去外面去看彩虹。“你赶着去干吗啊？”

茶楼底下坐着的一个藏族男人问我。“外面有彩虹啊！赶紧去看，你们住在这里真幸福啊，天天能看到彩虹。”“啊，没什么好看的啊，习惯了，天天都有。”住在如此般的仙境，却感受不到美的存在，听到这句话，我真是挺为他感到惋惜的，对生命和美的感知，决定了人的幸福度。

我接触的修行者们，他们的感触完全不是这样，同样住在这里，看过千百遍这里的山林，一年四季重复的美景，他们却总是怀着不一样的欣喜与满足，他们的摄像头以及文字里总是装着新的感悟。

一个人，只有在精神上感受到富足，他才可能感受到真正的富足。

如此说来，索朗多吉确实是一个富足的人，他是大藏寺的皈依弟子，来自上海，我不知道他的本名，大家都喊他的藏文名索朗多吉。比起我赶着出门看彩虹的急迫，索朗多吉更像是个疯子一般，时时刻刻追逐着大自然的美。

暴雨的时候，他在雨停之前就跑出去，伞也不撑，寻找彩虹的影踪；雷鸣电闪的时刻，他依旧跑去观景台的最高处，拍摄闪电；夜里零下几度的时候，他依旧兴致勃勃地拿起三脚架，连夜守着流星雨的降临……

我来到茶楼的时候，索朗多吉已经在这里住了一个多月，每天除了固定的修行功课之外，这个男人几乎都在独自追随着天空与大自然的各种变幻，另外他也时常钻进丛林寻找蘑菇，爬上山顶追逐秃鹫的飞行轨迹，跳进冰澈的溪流去畅游，尽其所有地自由自在。

自由，对索朗多吉来说是在此旅居生活的定义，对我来说也是。

人们来到这高山之巅，过着远离城市的俭朴生活，寻求的就是从身体到心灵完全没有束缚的解脱。

在此地，我很少有其他的人际交集，也在尽量避免更多的交集。茶楼的人来来往往，也有许多人会友好地搭讪，而我依然喜欢保持着独自往来。如果一个人想追求单纯与纯粹的生活，那么独处往往就是一条必经之路。

在热闹里，或是他人的交谈当中，我们的自我往往会被泯灭，而当全心深入孤独的时候，自我的清晰感会如同彩虹一般愈来愈明晰。

大多数的时候，我都在转经、阅读或者徒步。在此地，我停止了日常写作，我的脑袋在此时需要的不是输出，我知道自己更需要的是放空，吸收大自然给予的一切滋养，吸收这里所有的灵气。

当一个人拼命向前的时候，清晰自己前进的方向是更为重要的事情。

就如同，我在此一遍又一遍进行着的转经，拨动转经筒的时候，我就知道，我的行为，不仅仅是为了我自己，更是为了所有精神上寻求解脱的众生。正如草原上一朵朵的花开，不仅仅是为了自己的绽放，更是为了点亮整片草原的春天。当你为自己的行为赋予非凡的价值，你就会做出不一样的行动，产生不一样的结果。

生命原本都是平凡的，如同这里的村民看腻的彩虹，如果不抱有非凡之心，根本就看不见它的美之所在。

每天的彩虹之后，黄昏便悄然而至，僧人们经常在晚饭后去寺院外围的转经筒转经一圈，也经常在寺院门前的水泥道上散步至高高的观景台，我更偏好的是前往相反的大塔方向，那边正是夕阳照来的方向，往那边走的时候，万物都在逆光的柔和里，天空的轮廓在此时变幻多姿，山林唯有静默。

牦牛和马匹依旧在半山微弱的阳光里停留，豆豆有时候会跟着一起去追赶它们，狂吠一阵之后又乖溜溜地跑回来。远方的山坳下，村庄的炊烟袅袅升起，细细的溪流会在路边无声地流淌，狭窄的山路上偶尔会有一两辆小汽车或是摩托车经过，都在忙着归途……这暮色里的所有，都叫我升起对江南故土的乡愁，可是，我又一遍遍告诉自己，此时，我的故乡不在远方，它就在此地。

月亮在对面的山顶徐徐升起，星子逐渐闪现，我一遍又一遍地看着这些景象，山岚、宝塔、金顶，它们如此完美，没有一丝残缺。飞鸟在空中归巢，云朵步入暗夜，泪水盈满了我的双眸，没有一个地方，比得上这一刻的温柔和宽阔。

我终究懂得，在天地与大山的怀抱里，没有任何一个众生会被遗弃。

雪夜

万物沐浴在光中

暮云卷雨

双彩虹从森林另一端升起

大藏之诗：

要好好爱啊！

我倾听星河深处，
它在我耳边低吟，
一曲悲怆的生命赞歌。

我血液的因子里，
爱的呓语止不住奔涌，
掌管我的脆弱与伤痛。

手执时间的魔杖，
走进你离去后的时空。
荒芜、贫瘠，
万物止息，
冰雪遮盖了末法三生天。
……

我从恍惚中惊醒，

冰冷的双手，

被你紧握在手心。

你用滚烫的诺言，

为我取暖。

中国西藏 心灵与宇宙在此联结

又见拉萨 云端的生死大考

第三次前往拉萨，我一个人单独前往。第一次来拉萨是冬天，十年后，这次依然是冬天。

深圳出发后，经由重庆转机飞往拉萨，临近拉萨的时候，连绵壮阔的雪山群出现在机舱外，这些雪山群，每条脉络都细致明晰，每条棱角都锐利粗犷，它们的苍茫遒劲，在星际之间呼吸吞吐，庞大的生命力在其间涌动……

飞机在群山上方如同巡礼一般，依循航线优雅前移，奔往它在地球上的下一个目的地。

看着窗外，我沉醉于这片白色星球的浩瀚，思想落入另一个时空。

猛然间，机身开始剧烈地颤抖，如同过山车一般忽上忽下的颠簸，机长开始播报飞机陷入了强对流，又一个猛烈的颠簸，机舱里传来阵阵尖叫的女声，我前排的女生拿起座椅后背的纸袋迅速开始呕吐……

恐惧随着飞机的剧烈颠簸以及人群的不安与躁动一起袭来，有人尖叫，更多人在恐惧中静默。我告诉自己要镇定，接受恐惧的环绕与包裹，然而，手心依旧止不住被汗水渗透。

飞机随着气流起起落落，一切都失去了控制一般，我努力按捺着不安，祈祷着回归平稳，一边想着，就算飞机坠落或是爆炸，都要准备好接受命运所有的无常。

飞机持续颠簸着，恐惧与思绪之间那道静默的缝隙都在拉长，大脑在一片空白的画布中经历着各种思绪的杂糅，我这一生是否活出了自己想要的状态？如果生命真的就在下一秒彻底结束，我会经历什么样可怕的痛苦，这一世的生命是否死而无憾……每一个提问的瞬间，我都可以给一个自我安慰的答案，但我明白我的答案依旧是不够坚决、不够清晰、不够彻底的，在一个接一个波动的瞬息里，我剩下的可能唯有接受当下。

“无挂碍故，无有恐怖，远离颠倒梦想，究竟涅槃。”《心经》如此阐述着恐怖，在这剧烈颠簸的恐惧中，我只剩下，静默无声地祈祷，我努力将心安住在当下。

“正视恐惧、成为恐惧、穿越恐惧”，大导演维伦纽瓦的电影《沙丘》里，当男主保罗面对生命中强烈的恐惧时，他选择了“正视”“成为”“穿越”。“生命的奥义不仅仅是在解决问题，而是要勇敢地去经历现实的不确定性，越是想要停止它你就会越受困其中，我们必须拥抱这些不确定性，随之前进，我们必须加入其中，随波逐流。”在直升机同样被卷入高空中的龙卷风完全失控之时，保罗脑中回响着这样的指引，他选择去拥抱所有可能以及不确定性。

在群山上方剧烈的气流当中，我学着与保罗一样，去接纳恐惧与不安，臣服于生命之流。

大约过了三十分钟，飞机终于成功驶出了强对流，逐渐平稳下降。

机身成功降落在山南机场，飞机驾驭的恐惧在停靠大地的那一瞬终于寻找到安稳的依托。

我拿出手机给亲友发送信息报平安，打字的时候，手指依旧在颤抖，手心依旧布满细密的汗滴，远在川西高山上的好友僧人吉美回复我说："知道你会平安抵达的，今天我也一直在护法殿为你祈祷。"

走出机场大厅，将近午后五点钟，高原上的阳光依旧热辣耀眼，坐上前往拉萨城区的机场大巴，旁边的两位男生正在谈论着刚刚的飞机经历，一位小青年说道："真是太恐怖了，我这辈子都没坐过这么恐怖的飞机，刚好前几天看到一则飞机失事的新闻，当时脑子里全是各种各样飞机爆炸的画面，回程我绝对都不再坐飞机了。""我一直在睡觉，一点感觉都没有。"他身边的朋友用淡然、侥幸的语气回应着……

在一旁听着，我突然觉得睡着的那位，真是位被上天眷顾的宠儿，不过，他也遗憾地错过了一堂重要的生死之课。

大巴匀速向前，我渐渐从方才的不安中回过神来，紧贴着大地，我的内心涌现一种从未有过的踏实感。公路两旁是广袤褶皱的大地，远方是威严的褐色大山，公路两旁白杨树的叶子已经落光，白花花的一片，在湛蓝色的天空映衬下，这样的干枯有种深邃的美感。想着距离上一次来到西藏，已经过去了六年，时间真是个谜一般的存在。蔚蓝色的拉萨河，从远处不经意间地闯入视线，如同一条柔软的绸缎，在天地间延展，我的全世界重新被面前的新鲜与惊奇铺满。

出了汽车站，打了辆出租车前往民宿，出租车在距离八廓街不远处的清真大寺停下来，还剩下一公里，只能步行前往，拉着行李箱向前，我面前，油炸摊、水果摊、肉菜摊、小卖部、服装店、理发店……都在张罗着沸腾的人间烟火，让我感觉犹如坠落人世万花筒，卖力揽客的小贩，熙熙攘攘的行人，一股股滚烫的生命力在周边各种声音中蔓延，我沉寂的感官瞬间再度被炸裂开来，愉悦、欣喜占据了我的所有。

到了民宿，在前台登记的时候，我遇见了一位从山东独自前来的短发大姐，才闲谈不过几句，她爽快地约我：“晚上我们一起吃饭吧！”

年轻的民宿老板麻利地帮我把重重的行李箱搬上四楼顶层的房间。这是间宽阔的现代藏式房间，一整排大大的落地窗，直视着环绕城市的远山，远超我的期待。“顶层这三间房在过往每一年都是留给冬天来拉萨的修行者们住的，今年他们有点忙，没有过来。”老板特地告诉我。

房间外面的天台远眺着夕阳下的拉萨城和远处的布达拉宫，群鸟不时从天空飞过，冰凉的空气里，全是安详与宁静。

从天空到地面，从圣境到凡尘，从死之边缘到生之沸腾，想着这一天的全息全景式体验与经历，“布达拉宫，四大皆空。”六世达赖仓央嘉措的句子清风浮云一般在心间掠过。

晚上跟山东大姐在民宿附近的网红店里吃着滚烫的藏式火锅，穿梭在我脑神经里的各种意念，都被热辣的蒸汽消融，这一瞬，我是火锅中沸腾的精灵，是自由，也是空明。

蔚蓝色的拉萨河

小昭寺的光

机舱外的雪山

大昭寺　专注中升起明觉

农历大年三十，也是藏历三十，我在清晨七点醒来，这一天要去跟藏族信徒们一起排队进大昭寺，意味着要很早起来。

拉开窗帘，窗外的拉萨城依旧一片漆黑，下楼的时候已近八点，高原的天空依旧只出现了微微的亮光。

清晨的空气冷冽稀薄，我穿着厚实的棉衣和毛裤，并未有预料中的寒冷。

出了民宿，沿着巷子只是走了两三分钟，第一个拐角，便遇到了排队的朝圣人群，大家在安检口前排队等待进入八廓街。

八廓街是大昭寺外围的一条街，无论什么时候，这里都布满信仰的虔诚与神秘，密布的经文声、永不止息的松烟、风中翻飞的经幡，为这里的一切镀上特殊的民族气息，这里是藏族人的信仰中心，寄予着他们一生的向往与期待。

八廓街上，到处都是举家出动的朝圣者们，他们穿着摩擦到破旧的围裙，绑着护膝，戴着厚厚的手垫，五体投地，磕长长的头，无论老少妇幼，他们目光坚定，动作干脆利落，他们围绕着大昭寺一圈又一圈地前进，完全匍匐于自身与信仰之间……

更多的朝圣者们一手摇着转经筒，一手拨动手中的念珠，从不间断地念着祈祷文，以顺时针方向绕着大昭寺行走。大昭寺正门前的一块空地上，从早到晚，一批批的朝圣者们聚集在此，他们带着水和食物，在地上铺展大礼拜的垫子，一遍遍双手合十，匍匐而下，在原地做着大礼拜。

无论什么形式，在八廓街上，人们都在以自己特有的方式与内心的信仰深度链接。

进入八廓街的每个路口都设有安检，安检口要到八点半才开放，我走到面前这支队伍的末端，加入等待，排我前面的年轻女人回头对我微笑，她穿戴充满仪式感的藏装，笑容黝黑纯粹。队伍里漾荡着一种安详的氛围，几乎没有人闲谈，空气里都是人们口中静谧的经文声。

我曾经来过大昭寺三次，那两次来西藏，我都充当着旅人的角色，对面前的所有一知半解，匆匆而过。这一次，我只想着安安静静地，跟自己的心在一起，好好地融入这里的一切。

安检口在半小时后正式开放了，直到走进八廓街，才发现等待的队伍已经可以绕大昭寺外围一整圈了。据说因为这一天是藏历三十，是很重要的日子，所以各地拥来的朝圣者格外多。

在队伍里静静地等待着，一回头，才看见，旁边明黄色的建筑就是著名的玛吉阿米咖啡馆，这个以六世达赖仓央嘉措的情人玛吉阿米命名的咖啡馆，依然传颂着三百年前的爱情故事。这是个修行者恋上普世女子的凄美爱情故事，人们爱着仓央嘉措的深情、浪漫、超凡脱俗。这世上，爱而不得的深情总是被代代传唱。

玛吉阿米是旅人们来到拉萨的打卡圣地，它仿佛是一个象征，一个人，无论多么坚不可摧，爱与浪漫，始终都是内心深处最柔软的那一抹追随与向往。

十年前的冬夜，我第一次来到玛吉阿米，在二楼的玻璃窗前坐到将近打烊，面前的桌子上闪烁着柔和的烛光，旁边两位藏族男生一边打扫卫生，一边唱着歌，当时就被他们那种快乐感染，世上怎么有这样任意歌唱、随意起舞的欢快啊……

十年之后，玛吉阿米的招牌在我面前被晨光缓缓照亮，我正前方的街道上，硕大的香炉里，松烟正在阳光中升腾。十年过去，现在我独自在此等待，没有时过境迁的伤感，没有孑然一身的孤独，初升的朝阳和前方香炉里升腾的松烟，让我感到轻盈、新鲜，整个人为之一振。

半小时过去，周边建筑上的光影一直在变化，松烟一直在升腾，只有队伍，依旧原地不动。

等待与静默，也成了朝圣的一部分，身边的藏族人坦然自若，不停歇地念诵经文，拨动念珠，转动手中的转经筒。小孩子们坐在地上开始了游戏，卖土豆块、烤饼和奶茶的人开始在队伍旁边不断巡回兜售，生活的日常被搬到了这样的等待当中，一切的等待似乎都被纳入了习惯的一种。

人生何处又不是等待，大多数的日子里，我们都如同梦游一般地生活，在被生活裹挟的行色匆匆当中，等待着生命的流逝，等着老，等着死。

这一刻，我也爱着这样的等待，在失去时间的概念里，等待对大昭寺中觉沃佛的一瞥，等待生命的灵光一闪，等待着某种天荒地老。

一千年前，唐朝的文成公主从长安出发，带着释迦牟尼佛十二岁等身像远离故土来到拉萨，为这个城市创建了延续千年的精神中心。想到这样的缘起，心里便充满了温柔与感动，一千年过去，文成公主当初带来的爱与祈愿，依旧在这个城市延续。

我跟密友在电话中谈论着此刻的等待与期待，挂掉电话之后，前面的一位男子隔着人群回过头来用普通话问我："你从哪里来的……"我有点讶异，藏族人群里，居然还有我之外的汉族人，他退后到我身边来，告诉我自己来自北京，还是位健身教练。在队伍的缓慢挪移中，我们谈论着对智慧与生命的共同见地，讨论着人们对佛法普遍性的偏见与误解，时间在我们的思想同频碰撞中加速，等到终于来到大昭寺门口的时候，距离最初等待的时间已经过去了四个半个小时。

一进寺院大门，基本上就是人贴着人前进，整个寺院全都挤满了人，大家有序的按照顺时针的方向缓慢前进。在这样的拥挤当中，很多人手里依旧提着一个大大的保温瓶，里边装着液体酥油，用来给佛前的酥油灯添油，每经过一尊佛，人们都会双手合十，在佛前放下一些零钞。我也学着按照这样的仪式来做，只是愈渐明白，每一次，仅仅是一张零钞的供养，都是放下执念与欲望的练习，也是施舍与慈悲的修习。

明亮的光从庭院正中央的天井照进来，四周的长廊上亮着灯，但寺院的走廊与殿堂里边还是弥漫着昏暗古老的氛围，壁画、木柱、门廊，每个细节，都泛着千年的古驳，身边的朝圣者们一边随着队伍向前挪移一边虔敬地用双手触摸着身旁的门廊、木柱，或者用头去轻触顶礼，这些木柱和门廊的油滑光亮里，深藏着如此般千百万次的触摸与顶礼，深藏着一代又一代人的温柔与信仰。

拥挤的等待中，在一个佛殿面前，一位年轻父亲背上的婴儿焦躁地哭了起来，在这位父亲束手无策之时，左右的旁人都开始帮忙逗着小宝宝，温柔地跟他说话，婴儿很快破涕为笑……什么样的情景下，朝圣者们似乎总能找到安于当下的自在。

从每个小殿逐一朝拜小半圈之后，终于来到大昭寺主供的释迦牟尼佛十二岁等身像觉沃佛殿前。众多藏族信徒们长途跋涉、三步一叩地来到拉萨，终生都只为了能够瞻仰觉沃佛一面。在过去两次的西藏之旅中，我曾三次有幸来到觉沃佛面前，每一次，我都感知到一种难以言述的平静。这一次，从他威严的身姿与面部禅定般的微笑中，我再度体验到那股强大的平静，在这股平静中，处处溢满包容与慈悲，触摸着他高大的金身，内心瞬间被融化一般，这是一种甚深微妙的联结，这种联结，并非来自外在，更是对自我清晰透彻的全新认知，这是一种与万物自成一体的深入。

一位红衣僧人手持小巧的短刷，正在专注熟练地为觉沃佛的身体涂抹黄金。绿松石、玛瑙、黄金、珍珠……觉沃佛的华冠上闪耀着各种珍宝，世人为其献上最好的一切，虽然两千五百年前，离开皇宫寻找真理之时，那位被后人称为释迦牟尼佛的悉达多王子早已丢弃了所有的荣华富贵，他的毕生所求，只是为众生寻得究竟的解脱之道。

千年之后，人们再度用珍宝向其献礼，祭奠的，是无价的信仰与智慧。

觉沃佛的微笑，在灯光下散发着明灿温暖，这样的静寂，穿越千年，如同阳光一般，照亮每一位朝圣者的内心。

佛殿前的几位僧人一秒未曾停歇，利索地帮助大家供哈达、供灯，并不停地维护秩序，他们不断以威严的声音催促着“好了、好了、往前走”，后边是一眼望不到尽头的人群，稍有停留就要拥堵了。

绕行过觉沃佛一周，我在佛殿外寻到一个角落，开始念诵手机里的一段新年祈请文:“无有烦恼，只有寂静。无有无明，只有明觉。无有焦虑，只有宁静。无有脆弱，只有力量。无有恐惧，只有清明。……”这是不丹的宗萨蒋扬钦哲仁波切的一段新年祈愿。人群在我身边缓缓而过，各种祈祷声在空中簇拥聚集，我在内心无声的寂静中，持续深入前行。

身边那些虔诚净澈的眼神里，都带着高原的风与阳光雕琢的纯粹，我想，每一位经过我身边的人，无论是谁，来到此地的我们，这一瞬，都带着相同的愿念，都存有共好的期待，如同每一尊佛像代表的祈愿。

在持续的念诵中，我不再为自己的个人小愿而祈祷，这份祈祷来自一股更高的力量，它包含着人类共好、共同进步与精神觉醒，这股力量既来自外在，更来自内心深处的触动。

站在觉沃佛前，我相信，如果有一种力量，可以超越种族与文化，可以超越时间与空间，那就是祈祷的力量，而在这祈祷中起到关键作用的，是对万物纯粹的爱与慈悲。

人群来来往往，在这样的博大中，我感到自己的渺小，又感到手握无穷的力量。

……

下午三点多钟走出了大昭寺，回到民宿，在房间沙发里坐下，彻底松弛的瞬间，才觉察到身体是那么地疲惫，可心里又是那么地殷实，被富足与喜悦填满。

凌晨时分，外面响起了阵阵烟花声，我披上羽绒服，站上天台最高处，在寒冷的夜风中，望着整个城市散落的漫天烟花，那些花火，用最绚烂的光，划过夜空的寒冷……好像是我的祈愿。

十年前第一次来到玛吉阿米

生生不息的酥油灯

大昭寺上空

永恒流动的八廓街

被触摸到光滑的大门

纳木错　冰封般的平静铺满内心

六年前，第一次来到圣湖纳木错的时候，整个人都被眼前的山湖震惊，世上真的有胜过梦境的地方。

它，是那么的宽阔、纯澈。

那一天，前往纳木错一路上，六月的飞雪漫天飞舞，山林原野一片苍茫，唯有点点黑色的牦牛，在茫茫白雪中缓缓而行。

沿途经过海拔 5190 米的垭口那根拉，巨大的石碑上刻着仓央嘉措的诗句:“那一年，磕长头匍匐在山路，不为觐见，只为贴着你的温暖。那一世，转山转水转佛塔，不为修来生，只为途中与你相见。”站在这个垭口，寒风四处肆虐，猛烈地吹动所有的经幡，这些文字如同太阳般，散发着人性的光与热，给人的心底打上光芒与慰藉。在这样的苍茫冷冽之中，只要可以“贴着你的温暖”“途中与你相见”，便已胜过所有。

靠近纳木错的时候，雪已经止住了，四面都是平地，白茫茫一片，放眼望不到边际，纯洁的白一直延伸到远方，天地在缠绵之间消除了界限。

一切，如此的广阔无边，我好像来到了一个全新的星球。

车继续向前，最后在靠近圣湖的停车场停了下来，走出停车场，远远地看见碧蓝色的湖面，那是一种沁人心脾的蓝，如同冰澈的宝石，是我从未见过的蓝。

圣湖后方，是银色的念青唐古拉山脉，白雪覆盖着山体，在阳光下熠熠发光。

我从未见过如此美丽的地方，冰澈的风吹过来，冷冽无比，我只觉得美好，好似身处仙境。

……

六年后，当我再度回到西藏的时候，我期待着重新回到这里，再会我心中的圣洁之境。

这一次来，湖面已是千里冰封，三三两两的游人在厚厚的冰面上嬉戏、拍照、放无人机。

岸边的冰块，如同乱石一般堆叠，它们是水的冰封，谁能想到，曾经无形的水，在那些忽然的瞬间，被风割离开来，雕塑成各种形状。

一块爱心状的冰块

纳木错圣湖和念青唐古拉山

钻石一般的碎冰

阳光闪耀地投射到冰面上，冰层的折射给人的感知覆盖上一层神秘感，相较六年前那灵动的湛蓝之美，此时这份纯白之美带着一股冰澈的坚定与纯粹。

我远离了人群，独自在湖岸走着，感受它的空寂辽远，聆听它来自地表深处的赞歌。

上一回来，湖水如同海水一般壮阔地翻涌，这一回，一切都被冻结，那么多波浪推涌而至的瞬息都被冻结，每一层、每一块冰块都像是一段冻结的时间。大自然，才是最卓越的艺术家。

在湖岸随意走着，我遇见了三位正在拿着单反相机与苹果手机研究光影与角度的男子，我迟疑了一下，还是走过去问:“可以给我拍几张照片吗？”“当然可以！”其中一位高高帅帅的男子爽快地回答，他告诉我，春节前他们从宁波一路沿着318国道自驾过来，明天就要预备回程了。我原本只是想要几张随意的留影，但他们三位用了十二分的耐心，面对着阳光与冰面，试着各种角度，“会不会逆光？”“你看看这样可以吗？”如此一遍遍跟我确认效果，在这样的镜头前，我有点不好意思，但又好感动，好似装满了山湖的纯澈，想起刻在那根拉石碑上的诗句“只为途中与你相见”，便也只觉得，在这样的圣洁之境，所有相见，都值得我们用尽所有真心与诚意去相待。

告别他们，我继续独自向前，走到这闪闪发光的湖面另一侧，这里有一条坑坑洼洼的砂石小路，一直延伸向岩石下的一个小寺院，名为扎西岛寺，是座清修寺院。

六年前，我也曾独自来过这间寺院。当时，已是傍晚，我走进院子，所有殿堂的门已经关了，这时候一位僧人从院内一瘸一拐地走向我，他的笑容如同高原的阳光一般灿烂，皮肤被风吹得黝黑，脸颊泛着鲜明的高原红，他的藏红僧服袖口和胸前都已被摩擦到油亮。他不会说普通话，就用微笑和手势来与我沟通。他在殿门下方的一处角落拿出一串钥匙，领着我，依次打开各个殿门，陪我逐个参观。每间佛殿地上都铺着地毯，入内需要脱鞋，布局与陈设都尤为简单朴素。这里的佛像大多是我不认识的，在浓郁的藏香与闪烁的烛火之间，唯有深深的沉静。

在最后一个紧贴着岩石的佛殿里边，一尊神情威严的佛像安坐在正中间，那是将佛法从印度传到西藏的莲花生大师，世人亦称其为第二佛。我在他面前双手合十静静地站立了一会儿，勇气、力量、慈悲，似乎都从他那定格的神情中溢出到周边的空气中，在这短暂的静默当中，泪水也悄悄弥漫了我的双眼。

走出最后的殿堂，我与僧人作别，只窥见，他那打上湖风烙印的笑容，朴素得也跟这里的风和岩石一般，自由而坚韧。

走向湖边的时候，有两位红衣僧人也在前方朝湖岸走去，湖风远远地吹动着他们的长衫，蔚蓝色的天空，银白色的雪山群，碧蓝色的湖水，红衣飘飘的人影……看着这一切，我心里拥有一种深深的富足感，就在刚才，我已经收获了无数珍宝。

……

六年后，寺院依旧，圣像依旧。这一次，我没有碰到之前带领我的那位僧人，另一位僧人迎接了我，他一脸平静，同样耐心地领我走完岩壁间所有的佛殿。我走向莲花生大师的殿堂，空间里无处不在的包容与力量与六年前并无他异。这一次，我没有流泪，只是，再度深入这样无边的平静。在这简单的静默中，如同冰封一般的平静在某个瞬间全部铺满了我的内心。

我离开寺院，再度走向湖岸。

这短暂的一程砂石路，却好像通往某种神圣之路。远方发出粼粼之光的，是那些钻石般的冰块，我知道，前方在等待的，是欢喜，是美好，是这世间最好的存在。

这样的瞬间，我只感觉到，心里边，空荡荡的，它被冷风灌注，也被祈祷过后的温暖填满，这一瞬，它什么也没有。

这颗心，是那么的笃定、安然，跟周边流动的风一般自由，跟岸边矗立的山一般坚定，跟湖面冰层下的水一般灵动。

我走近冰面，一位卖哈达的藏族弟弟热情地扶着我走向冰层深处，我与一同前来的几位旅友在前方的冰面会合，我们一同仰视着天空中无人机的来来去去……

在所有的不确定中，大自然的奇妙是确定的。

崖壁间的扎西岛寺

那根拉垭口的经幡

扎西岛寺边上的巨石

……

我亲临着此般的纯洁之境，又在人群的嬉笑声中再度离它远去。

冰层下的深邃与宁静，在我骨子里回响。

这份冰澈的宁静，也曾在千百万年的生生灭灭之中，与地球的博大浩瀚同在。

日喀则　鸽群、经幡、银铃，都在阳光下起舞

“想去日喀则就去吧，你坐高铁去，两天来回，很方便！”在拉萨的民宿老板萝卜跟我说。

去日喀则，这一次，我心里惦记的不是当地最有名的珠峰大本营和圣湖羊卓雍措，而是在我心间萦绕了很久的一座古老的寺院，扎什伦布寺。

这个念想源于十年前的路过，那时从拉萨包车出发前往

尼泊尔，经过日喀则，当时就听闻，日喀则有座很有名的寺院，叫作扎什伦布寺。

那一年，路过了羊卓雍措，也路过了珠峰大本营，唯独没有抵达扎什伦布寺。

记得第一次来到羊卓雍措的时候，垭口上凛冽的冷风，将我的马尾辫全部打散，表情也在风中凌乱，然而，羊湖那冰澈的深蓝，真是让人心醉，阳光的丝线根根分明，从天空照耀下来，如同圣灵之光。

经过羊湖不久，一整排喜马拉雅山脉的雪山群突然出现在眼前，就那样一览无余地铺展开来，那是种站在世界屋脊的感觉，你只感受到万物的宏大、宽阔，以及心灵完全被放空的瞬息。

这些清澈与博大，永恒般地印刻在我记忆的因子中。

而这一次，我准备重回日喀则，去看看扎什伦布寺，重圆遗失的那份憧憬。

定好去日喀则来回高铁票，第二天，又是天还没亮就起床前往高铁站，我很少在旅行时这么早起床，这一次的西藏朝圣之旅是个例外。

喜马拉雅雪山群

高铁沿线的河流与大地

扎什伦布寺寂静的通道

打车前往拉萨火车站，一名女安检员，重复跟我说了几句藏语，她突然反应过来，笑着说：“我以为你也是藏族人！”抬头望去，还真是，这么早，这样冷的天，出现在这里的，基本没有外来的游客。

我在高铁上戴着蒸汽眼罩开始补觉，醒来的时候，列车驰骋在广袤宽阔的原野，太阳已经绕过了山头从东方升起，高大荒蛮的褐色群山矗立在远方，山脚下的村庄被纯白色的晨雾与轻烟环绕，近处的河流在冰层之下静静流淌，乌鸦不时在灌木林上空起起落落……

我陷入了沉默，也陷入了天地间的广博。

到了日喀则，火车站广场也是空荡荡的，稀稀落落的旅客来来去去，这里的温度比拉萨低了三五度，走出广场，我依旧没有感觉到寒冷，被倒灌入满满的清冽与干冷，真叫人清醒。

坐上前往酒店的出租车，年轻的司机开着车在街道上急速地飞奔，争分夺秒地停下来询问路边行人要上车吗？他说高原的油很贵，不多载些人赚不到钱。出租车奔跑的速度与小城的清寂缓慢形成鲜明的对比，望着这个小城的寂静，想着，这样奔跑的速度，也是求生本能的奔跑吧！可这样的奔跑永远也追赶不上人的欲求呀。

很快，我们经过了扎什伦布寺，没想到这座寺院就在城市边上，在我的印象里，我总以为它应是立于高山之巅。出租车在扎什伦布寺不远处的酒店停了下来，我放下随身的简易行李，吃过午餐，就直接奔往寺院。

我在寺院大门口的水果摊买了一些苹果、香蕉、提子等等，另外买了一大桶酥油，同时置换了一些零钱。

刚刚从大门走进去，便只觉呼吸轻灵，相对比拉萨寺院里的熙熙攘攘，尼色日山脚下的扎什伦布寺，清清静静的，连朝圣的人也是，男女老少围绕着白色的大塔一圈又一圈地行走着，空气里，是无形的寂静，如山风一般。

越走近它，越为它着迷，眼前这座宏大的寺院有着它独属的美感，雪白色的大塔，藏红色的建筑墙体，浅粉色的帘幕，明黄色的门帘……在瓦蓝色的天空之下，这些与大自然深度相融的色彩美学会让任何一个人都为之沉沦。

周围的风与阳光，给人一种微妙的舒适自在，万物都散发着轻盈……

扎什伦布寺的每个殿堂在冷冽清寂中显现出一种特殊的清净庄严，这里的佛像高大威武，只觉得每走进一间佛殿，灵魂就净化一层。

走到寺院正中的庭院，最有名的措钦大殿尚未开门。等候期间，一个两岁左右的藏族小女孩摇摇晃晃地来到我旁边，她在冷风里流着鼻涕，一直呵呵笑着。我给她拿了几块巧克力和袋子里准备供佛的香蕉。孩子的父亲说，他们从青海过来，他有三个小孩，这次他独自带着最小的女儿前来西藏朝圣。持续谈论着，才知道，他们也是早晨从拉萨跟我坐同一趟高铁过来，并且巧合的是，我们在拉萨住的也是同一家民宿。

这位父亲特地告诉我，他们上午已经去了一间叫作俄尔寺的寺院：“就在市郊，打车不到一小时就可以到。”

走进措钦大殿，寺院的一位僧人正在殿堂中央给来此朝拜的每位信徒逐个发放苹果，大家排着队，僧人旁边是几大袋等着发送的水果。我将自己带来的那些水果放至佛前，接受僧人赠给的苹果。

甜茶与藏面

俄尔寺的光

羊湖冰澈之蓝

纯粹的宁静

出了大殿，我走到寺院的后围，那里连接着冬日里苍茫的尼色日山。夕阳下，佛殿屋檐下的银铃在风里叮叮当当地响着，鸽群在绛红色的高墙顶上停留，不时起起落落，在阳光里起舞。

我就这样一个人静静地坐着或走着，看鸽群起起落落，整个人仿佛融化在风里。

这一天的睡梦里，扎什伦布寺的各种色彩依旧在我脑中翻飞。

第二天醒来，原本想去萨迦寺，但那里比较远，我也已经定了下午回拉萨的票，所以打了车直奔前一天听到的俄尔寺。

过去俄尔寺的路，是一条小型的公路，路边的一切都是冬日的干枯与荒芜，奔跑的羊群腾起阵阵尘土，光秃秃的树木整齐地排列在公路两旁，如同士兵一般，守护着冬日的粗犷。

从公路进入山路，在山村最深处，俄尔寺就伫立在山坡上。刚下车就感受到这里的朴素安宁，看起来是极少有外来游客的地方。我先走进边上唯一的藏餐厅，要了一壶甜茶和藏面补充能量，身边全是举家前来的藏族人，眼神对视的时候，他们都会跟我微笑，我总有种熟悉的亲切感。

在餐厅院子里喝着甜茶的时候，不远处，两朵纯白的浮云，正幽幽地从山头飘过。阳光柔和地照在我身上，好温暖。

我去旁边的小卖部要了一壶酥油买了几条哈达，走进寺院，开始为佛前的油灯逐个添油。寺院不大，来的人也很少，我慢悠悠地走着，试着融入每个细微的清灵与寂静。

这里的僧人不像拉萨那些繁忙的寺僧，他们热情地跟我打招呼，问你从哪里来，他们有空仔细介绍这里的传承，他们也会邀请:“去法务部喝茶吧。”

屋檐的银铃在风里响的清脆，它们是大山的伴奏，连同风与阳光，向我的灵魂侵蚀，一层层，剥离掉那些腐朽的部分。

这时候，时间，在此任意流淌，到天荒地老也无人在意。

从殿堂出来后，我继续走回门口那间简陋的茶餐厅，点了一份藏餐、一壶甜茶，我身边，是一家家围坐的藏族人，我的愉悦，是他们黝黑的脸上布满的笑容与富足。

我拿出包里的日记本，在上边写着："朝圣的目的、我们前往远方，都不过是为了更好地拥抱自己，找到心的归宿。"

多喜欢俄尔寺的这一天，在这里，我与大自然里一切细微的寂静同在，与自己的内心时刻同在。

拉萨的山　在此，采撷风，收集光

对西藏的山，有种特别的依恋，如果只用一个词来形容它们给我的感觉，那就是坚实，是一种你可以全心依赖的坚实，这种坚实，来自它们从地底深层拔地而起的那份倔强与坚毅，来自它们千百年间附着上的那份广袤与灵气。

我曾途经西藏的许多山，从飞机上俯视的银白雪山群，从西宁前往拉萨的列车穿越的那些白雪苍茫的大山，从拉萨前往成都 318 公路上那些飘雪的垭口，从拉萨至樟木口岸一路上那些光秃秃的深褐砂石山，以及一整排壮观的喜马拉雅雪山群……这些从远方眺望的山，它们带给我史诗一般的浩瀚广博。

拉萨的必达之处，布达拉宫、哲蚌寺、色拉寺都是依山而建，站在那些山上，眺望远方，山对面那些一览无余的浩瀚与苍茫都会在你眼前铺展开来。你能在夕阳下的哲蚌寺，看山谷下的狂风席卷尘土，扬成龙卷风一般的沙尘暴横扫过一片片的原野；你能在清晨的布达拉宫，远眺群山上层层蔚蓝色的薄雾，在凡俗之间蒸腾；你能在色拉寺，感受被梵音洗涤过千万遍的后山来风……

只要靠近，这些尘与色，风与光，都会一遍遍地洗涤凡心。

但是，让我真正走进大山怀抱，对这些山有脚踏实地的明晰感的，是拉萨郊区的甘丹寺以及扎耶巴寺的山，我是如此深入地走进过它们。

去甘丹寺的那一天，凌晨五点半我就起床了，预备去体验一次朝圣大巴。六点钟的拉萨，严寒漆黑，深巷中，稀稀落落的路灯散发着冰冷的光芒，我独自随着手机里的步行导航在深巷中摸索着，走了不到十分钟就开始遇见两位从分岔口走来的藏族人，他们手持转经筒已经开始了一天的朝圣之旅，我跟着他们向前，紧绷的心开始放松。继续在这深巷里拐来拐去走了将近半小时，终于准确抵达大昭寺附近的乘车点。清晨的空气里都是严寒，朝圣大巴附近却已经都是人来人往了，我找到了写着“甘丹寺”的那一辆。

车里一大半座位都还空着，我在前排靠窗的位置坐下，陆续上来的全是藏族人。不一会儿，一位穿着米色羽绒服、深蓝牛仔裤的年轻男子在我旁边坐了下来。有位中年妇女上来开始兜售早餐，她一手拎着热水壶，忙碌地给客人们冲泡速装奶茶。

直到七点多钟，大巴才开始出发。出了拉萨城，外面依旧一片漆黑，世界还在一片混沌中，我闭上眼，继续睡觉，修补早起的疲惫。

睁开眼的时候，我身边的男子看着我，用一种关切的语气说“睡那么久啊你”，似乎我们之前就熟知一样。慢慢地，他告诉我自己来自青海玉树，整个家族十几口人都在这个大巴上，这些天他们在他的僧人舅舅带领下在西藏到处朝圣，二十多天里他们已经去了五十多座寺院。他打开手机，翻出照片和视频，耐心地给我介绍。

大概八点，大巴开始盘旋上山，车窗上结满了水汽，从这朦胧里望出去，熹微的晨光正从山头升起，车不断开往山顶，视线也愈来愈清晰，山顶的寺院建筑群就那样突然地出现在眼前。

在山顶中间处，车停了下来，下车的时候，一阵寒流猛烈地袭来，才发现甘丹寺后方的山头上依旧残余着一层浅浅的白雪，“你们不用重新买票了啊！”司机特地叮嘱我和另一位仅有的汉族乘客。朝圣人群快速向前，路旁大大的白色香炉里燃烧着松烟，弥漫着山林深处的清新。

寺院边上有间藏餐厅，还没有吃早餐的我意外欣喜地拉开门帘走进去，橱窗边分发食物的两位男生一见到我就上下打量了一遍，眼里闪烁着腼腆欣喜的笑容，他们好奇地问我:“你从哪里来？”我跟他们要了一碗藏面一壶甜茶，来到拉萨这么多天，我也习惯了这里吃饭的标配。周边依旧全都是藏族人，人们总是善意又好奇地看着我，我也不断回敬他们微笑。吃完藏面和甜茶，连同脚底也暖和起来，这些天，来到拉萨，我早就不再计算饮食里的热量，只是想我汲取的能量够不够走完当天每一程。

“怎么一下子就不见你了啊？”方才在大巴上坐我旁边的男子发信息来，他给我发转山路上的风景，一边仔细地告诉我朝圣路线。

我走上裹着冰的台阶准备上山，旁边一位中年男人跟我说话，他皮肤黑得油亮油亮的，牙齿在皮肤的衬托下显得格外白皙，他穿着皮夹克牛仔裤，手里拎着一盒固体酥油。他说也是来自青海，同伴们都已经走到前面去了，于是就一起跟着我上山。

我在一本专门介绍拉萨朝圣的指南里看到，来到甘丹寺的朝圣者们都是先绕着后山转一圈。我走的台阶也正是通往后山，此时的山是光秃秃的，只是生长了一些灌木，草木都已经枯萎，酝酿着春天的生长。

然而，双脚踏在这样的高山上，对我来说，却充满了生命与力量，倔强与空灵。远方平地的一切都被收进大山的视野，在这样的视野中，唯有广袤与桀骜。

越往前走，山路的颠簸险峻也超过我的预期，有些路段旁边就是悬崖，狭窄的路面，落满不规则的石头，这其实是我第一次与藏地的山如此亲密地接触，走在这样的山路上，新鲜、好奇、刺激，我小心翼翼地，同时也完全屈服于大山的魅力。

这位青海男子一路都关照着我，在危险路段主动替我背包，耐心地给我介绍沿途各种圣迹与传说，譬如那些带有手印的石头、特殊的洞穴或者闭关房，他对路上这一切都如数家珍一般……为我拍照的时候，这位男子反复说着：“开心点，再开心点。”我揣测着我脸上有写着不开心吗。后来想想，在如此的不经意间，他也是在反复向我传达生命简单的真理，一个人，真的需要打开心扉，脱离内心的各种束缚，我们才会拥有真正的幸福。

走到山顶的时候，朝阳下，群鹰在山谷高处盘旋飞舞，鸣叫着奔向阳光。我闭着眼睛，呼吸着大山的阳光与空气，此刻的心，好像也跟着这些大山的精灵飞舞起来，在阳光的晃荡里，轻盈明澈。

山顶的风吹着，里边存有太阳、天空与大地的讯息，万物都是美妙与感动。

甘丹寺转经山路上的煨桑

扎耶巴寺的白塔与远山

磅礴的喜马拉雅雪山群

转完后山这一圈，回到半山的寺院主建筑群，我也跟这位青海男子在朝圣人群中自然走散了，留下的唯有感恩，他的出现就如同特地前来帮助我走完这一程最艰难的部分。

走完山路，我走进寺院内殿，带着那些光，依循着礼拜与祈祷。

我想，祈祷的奥妙来自内心与这个世界的深刻连接，在祈祷的那些瞬间，我们的心，如同阳光下的风，如同阳光下老鹰挥动的翅膀，如同阳光下山林散发出的那些天然净澈……

祈祷没有形状，却给人无边的广阔与自在，它是如此地空灵、曼妙……

这一整天，我都在与大山的呼吸同在。

从日喀则回到拉萨之后，这一程朝圣之旅的最后一天我去了扎耶巴寺。

最后一天的扎耶巴寺，我约好藏族司机达瓦的车前往。

提前一晚在网上订了一束粉色玫瑰，我准备带去扎耶巴寺。海拔三千多米的高原收到的玫瑰，色泽与形态都有种特别的娇贵感。第二天一早，我小心地捧着这把花出门，上车后，我把这束花轻轻地放在我旁边的空位上，司机达瓦立马温和地说："放那里不好，不干净。"他让我把花给他，然后仔细地将它放在挡风玻璃旁边，"供佛的花要放在高处，不过没有关系，到了寺院我们用水冲洗一下就好。"他慢条斯理地说着。

一路过去，路边的村庄都是烟雾缭绕，在远山衬托下尤为缥缈、美丽，达瓦说："今天是周三，藏族人都在这一天煨桑。"原来空气里飘浮的不仅仅是晨雾，还是香炉里松柏的烟雾。

途经乡镇集市的时候，我在那里的小卖部买了一些经幡，准备去山间垭口挂上。车翻越到山顶的垭口，视野极为广阔，远远的谷地上空，是大片纯澈的浅蓝，以及其间的白色的烟雾，垭口最高处，无数条印有经文的彩色经幡在猛烈的风里翻飞，在藏族人的心中，经幡每一次的翻动，都是大自然对经文的一次念诵，而这祈福也一遍遍地随风传散到四处。

达瓦停下车，帮助我一起去挂那些经幡，他爬到高高的岩石上，我也跟着爬上半山。“你站在那里就行了，这边危险。”他叮嘱着。达瓦站在我对面的巨石上，不停地调试角度，仔细斟酌着，反复问我挂得好不好，直到确认角度是最完美的，他才放心地绑好绳子。

到了扎耶巴寺，远远望去，半山岩石上是壮观的寺院群，有些不丹虎穴寺的感觉，这里有一百零八个洞穴，据传都是过往修行者们闭关过的洞穴。

停好车，达瓦先带着那把玫瑰去找水龙头冲洗，几分钟后，他带着冲洗好的花回来找我，阳光下一脸灿烂的笑容。我们沿着陡峭的台阶而上，我每走几步都是一个喘息，胖胖的达瓦走起来却十分轻巧。

在最大的一间佛殿里，我把玫瑰递给僧人，他把花装进了佛前的花瓶中，这一刻，在它们粉色的娇羞里，散发着慈悲与善良的光芒。

走出大殿的时候，旁边的悬崖间，一群乌鸦在山谷上空盘旋，整个天空是蓝色的，山那边，是没有边际的辽阔。

待到走完这里的主要洞穴，我的体力已经到了临界点，我们继续往下，又走了一小段转山路，这一带的山风尤为猛烈。有位藏族阿姨选择了在风最猛烈的位置摆摊售卖松香，我买了一点，算是支持她的事业与精神。在这猛烈的山风里，看着远方无垠的空阔，我们继续走完最后一程转山路。

达瓦看见半山的白塔又踩下了刹车，他问我："要不要去转一下塔？"他不急不躁，一点也不像个拉客赶时间的生意人。"我们需要赚钱，更要培养自己的福报。"他告诉我。

下午三点半，达瓦将我送到了大昭寺门前，下车前他还送了我他车上的藏式熏香。

第六次重回大昭寺，这是我跟西藏最后的告别仪式，我将此程从西藏大地与高山之间收集到的所有风与光的讯息珍藏在心间，再度毫无保留地献给大昭寺的觉沃佛。

我在觉沃佛前重复读着第一天来时念着的新年祈请文："无有烦恼，只有寂静。无有无明，只有明觉。无有焦虑，只有宁静。无有脆弱，只有力量。无有恐惧，只有清明……"

泪水一遍遍冲刷着过往的所有破碎与脆弱，这一刻，我的灵魂与宇宙再无分别。

西藏之诗：

收集风的人

那一年的冬天，

流浪在西藏，

我四处收集，

收集风，

收集光，

收集尘埃，

收集薄雾。

收集，纳木错净澈的冰层，

收集，布达拉庄严的雪白，

收集，俄尔寺清脆的银铃，

收集，甘丹圣山苍鹰朝阳的轻舞，

收集，扎什伦布翻飞的五彩经幡，

收集，八廓街上转动的全部经文，

收集，每间寺院轻声祈祷的呢喃。

……

离开拉萨的前一天，

我回到大昭寺的觉沃佛前，

献上我收集的所有，

在无边寂静中，长泪不止。

他告诉我，

你收集了世间最好的珍宝。

他告诉我，

从此，

我的心，

与宇宙再无距离。

哲蚌寺的云

悬崖上的扎耶巴寺

正在挂经幡的达瓦

供养在佛殿前的花

后记

跟随爱与光的指引

德格，海拔 3900 米的小镇马尼干戈。

窗外，明媚的晨光洒满大地，院子正中光秃秃的树梢上，几只麻雀欢快地跳上跳下，屋檐边的水滴一点点地流淌下来，昨晚下了浅浅的一层雪，这层薄雪正在阳光下融化。远方的那些山峦，黛青的岩石之上，泛着一层浅白色，山顶的轮廓被柔和的曲线勾勒，在这白雪的冷峻之中，反倒看起来有种细腻的温柔。

宽敞的书房里，阳光从落地窗照射进来，铺满大半个空间。在好友彭措的书桌前我写着这本书的后记，温度虽然已是零度左右，但阳光让整个空间布满了温暖。书房另一端，寂寂无闻的唐卡大师正将全部心神倾注到画架上的文殊菩萨画像，他今年七十一岁了，皱纹已经爬满了整张脸，这张脸消瘦但充满了精神气。唐卡大师是好友彭措的父亲，我也一起喊他阿爸，彭措说父亲从十八岁开始画唐卡，一生都献给了唐卡与修行。每天吃完早餐，阿爸就走进书房，在窗前的小板凳上坐下，手持极细的画笔在画架前开始一整天的工作。今天是我来到此地的第八天，这些天，我一直在见证着他笔下这幅金丝文殊唐卡的复活，这幅画，他已经画了十几天，还要十几天才可以完工。

我总觉得，阿爸就是一位时间的使者，他手中的画笔，一点点地勾勒着佛像，更是在凝聚着时间。

从好几天前开始，藏族阿爸每天都会拉着我的手，努力地用他生硬的普通话跟我重复：“我们的感情不要变啊，我们以后都不要忘记对方，要永远这么好。”我知道他是真心实意地跟我讲这样的话……可是，谁能想象，我们的相遇，也不过是第一次。在这些朴素而纯粹的话语里，我知道，人与人之间那些细腻至深的情感，并非相处的时间或是其他外在能够判定的。

……

在我们此刻的空间里，还有灰色的小猫乌玛，它是全家人的宝贝，整栋两层楼的房子到处都是它随意走动的地盘，除此之外，它还可以任性地爬到阿爸身上撒娇，也可以任意地赖在彭措的肩膀上。精灵一般的乌玛，此刻它安安静静地坐在窗台边的案几上，一动不动地注视着窗外的雪山，我有点好奇，不知道在乌玛的世界里，雪山的寂静是什么样。

家里只有彭措和弟弟迦泽、阿爸三个人，妈妈和哥哥在几年前相继离世，在彭措和爸爸的讲述中，妈妈和哥哥都是极好的修行人，大家时常念及他们，似乎他们只是出了趟远门。今天彭措和迦泽有事都出门了，我跟阿爸各自安住在自己眼前的创造当中，空气里，涌动着的是深邃的寂静。

包裹着这份寂静的，是小镇周边那些冰澈空灵的湖泊、雄壮挺拔的雪山、广阔无垠的草原。这些天，我跟彭措、迦泽还有阿爸一起出去了几次，这个偏远的高原小镇，它的空灵大气，是如同星际大片一般的存在，周边的湖面全部结了厚厚的一层冰，山风断断续续地从冰层底下发出原始而神秘的声响；湖岸的雪山，棱角尖锐，高耸入云，松风夹杂着清香阵阵袭人；山顶上的冷风，卷着尘土，猛烈而雄劲……坐在驰骋的车里，我时常跟彭措说，我们是在看拍摄中的IMAX 电影大片。

这并非一次普通的旅行，我是因着这冰澈空灵的高原雪山而来，更因彭措的智慧与才华而来。他和弟弟都是灵性极高的修行者，并且身兼诗人、画家、书法家、摄影师、设计师等多重身份，两人完全是全才一般的存在。这些天，我们一直都在探讨着生命、智慧、梦想、诗歌、艺术……

每一天，在马尼干戈，我都收获着超越期待的欣喜，风景是如此的豁达空灵。在家里，不出门的时候，又是另一重丰裕富足的精神世界。一家人对我的关照更是无微不至，担心我会不会冷，担心我有没有睡好，担心我身体是不是适应高原，担心食物合不合我的口味……而他们彼此之间也一直涌动着那些心照不宣的爱与慈悲，所有这些细微的情愫与举止，都让我觉得，我似乎正处于另一个平行时空。

在这超越日常的时空，写下这本书的后记，恰似最好的安排，就在此时此境，我的身体和灵魂完全地被雪山与星空般的冰澈与平静覆盖着。

我感恩生命中所有这些光与爱的指引，让我来到这样远胜梦境的恍惚之境。在这里，生命失去了评判与标准，一切只因平静与慈悲而存在着。我多想以这样真实的触碰告诉大家，桃花源一般的理想主义，是可以实实在在地、毫无渲染地存在着。

用这样细腻的笔触勾勒下这些，我想要表述的是，我正在经历的一切，就是我在这本书中一再传递的理念：**跟随直觉、跟随内心深处的指引，带着对这个世界的爱与信任，无论前路是否漫漫、抑或坎坷无数，你终将邂逅内心的桃花源。**

而桃花源的根源，并非来自远方，它来自一个人的内心深处。拥有至深的感悟力，每一个当下，即可达至自在圆满。

写下本书后记的此时，正在编辑制作中的新书已经登上一项权威榜单，与国内外诸多名家的作品齐列“2025 年最值得期待的新书”排行榜，我的心中满是惊喜，更是怀着许多的期许，如同面对即将诞生的婴儿一般。

这本书对于我来讲，不仅仅是一部作品，它凝聚了我生命成长的许多能量，凝聚了许多的期盼。回望这一程，我心中涌现的，是强大的感恩……

最想要感恩的是我的家人，他们在我写作本书的全过程，无条件地以爱和行动支持着我。我出生在江西九江靠近

庐山的一个小镇，家里房屋的位置恰好是“采菊东篱下，悠然见南山”的背景，自小深受陶渊明恬淡幽远的诗句与品格影响。我的家人也如同这块土地一般，静默、含蓄、朴素，他们不擅长表达，只是用自己切切实实的行动默默地守护着我，在我潜心投入创作的这些年，他们让我知道，拥有血缘关系的至亲，永远是一个人逐梦路上最坚实的后盾。

在这里，我要特别感恩我的两位导师，台湾畅销书作家李欣频老师，千万粉丝知识博主、畅销书作家秋叶大叔。2020 年 4 月，欣频老师的写作课上，我正式开启了本书的写作，欣频老师更是在本书的写作过程中给了我莫大的鼓励，她称赞我:“文笔超好”，她鼓励我:“以后换你鼓励他人”“你要写得更自信一点”“期待你的作品”……欣频老师的话语，一直是我前行的指引，从十几年前遇见她的第一本书开始，我一直深爱她。2022 年 9 月的武汉，秋叶大叔写书私房课上，大叔特地过来找我，跟我探讨我的书稿，建议我调整的方向，课程结束合影的时候，大叔特意竖起大拇指，倾斜向我，我将这些都理解为莫大的支持和鼓励。

2022 年 4 月，写完本书第三稿之后，我经历了一场人生低谷，身边的好友们都在默默地支持我，以物质或精神的方式。这些认可、欣赏、支持，让我从这段低谷的伤痛中，汲取了更加强大的内在力量。2023 年 6 月开始，我又用了一年多的时间将书稿全部内容重写，书中蕴含着的那些强韧的精神，与好友们给我的力量密切相关。

在此，我还要特别感恩我的好友浩霖，一位灵性摄影师，他为本书提供了大量美图（日本、尼泊尔、不丹三个章节）。浩霖是我密友的儿子，我们一路同行经历了许多美好时光，他将这一切用镜头记录了下来。

感恩作家出版社对作品的信任，感恩我的编辑宁竹老师，我们刚签下合约，她就对我说将会“全力以赴”，这本书的出版编辑过程中，宁竹老师全程都在用心地跟进所有细节，我们之间的全部沟通都那么地愉悦。“遇见最好的出版社，遇见最好的编辑。”本书的出版全过程，一直让我觉得自己很幸运，这样的祈祷得到应验。

感恩我的读者们，无论我们是见过面又或是素未谋面，在这本书尚未完成之时，我便一次次地在日记本中写着对读者们的感恩，因为有了你们的耐心等待，因为有了你们的欣赏、赞誉与鼓励，才有了我们今日精神上的相会与共鸣！我将一直这样未知的相遇当作有形的存在，这些隐形的潜在力量，一直激励着我，给予我前行的勇气。

还有许多，没有在此一一列上的贵人、亲人、友人甚至陌生人，他们在本书的写作出版过程中，都给到我许许多多的帮助与支持，我将这些名字，都一一放进我心中，诚挚的感恩，会让这些力量回流向你们。

最后还要感恩自己持续的努力与坚持，我最想让大家从这本书中看见的是：**生而为人，无论拥有多少重身份，最重要的身份是自我这个独立的个体，我们其实是可以按照自己内心真正想要的方式活着的。我希望每一个人，特别是女性，不要局限于任何世俗的定义，不要被任何的身份束缚，用真诚、勇敢、信任去面对所有的境地，我们终将获得自己真心想要的所有。**

闻涓

写于 2025 年 2 月 8 日

德格 · 马尼干戈

图书在版编目（CIP）数据

去远方：拥抱爱，拥抱光 / 闻涓著 . -- 北京：作家出版社，2025.5. -- ISBN 978-7-5212-3340-7

Ⅰ. I267.1

中国国家版本馆 CIP 数据核字第 2025RY1666 号

去远方：拥抱爱，拥抱光

作　　者：闻　涓
责任编辑：郑建华　夏宁竹
装帧设计：青研工作室
出版发行：作家出版社有限公司
社　　址：北京农展馆南里 10 号　　**邮　　编**：100125
电话传真：86-10-65067186（发行中心）
86-10-65004079（总编室）
E-mail:zuojia @ zuojia.net.cn
http://www.zuojiachubanshe.com
印　　刷：北京博海升彩色印刷有限公司
成品尺寸：130 × 185
字　　数：156 千
印　　张：11
版　　次：2025 年 5 月第 1 版
印　　次：2025 年 5 月第 1 次印刷
ISBN　978-7-5212-3340-7
定　　价：52.00 元